《三迤风雅》编委会

主　　任：朱　籍

副 主 任：赵嘉鸿　　石鹏飞　　周崇文

编　　委：郑祖荣　　贾来发　　刘金保　　马培祥
　　　　　马昆华　　窦　华　　文清风　　杨宗远

主　　编：朱　籍

执行主编：刘金保

编　　辑：杨宗远　　文清风　　刘纯羿　　何　忠
　　　　　李琼华　　郭学谦　　杨万红　　萧　霄

校　　对：张　煦

三迤风雅

云南省诗词学会 —— 编

云南美术出版社

图书在版编目（ＣＩＰ）数据

三迤风雅 / 云南省诗词学会编. —— 昆明：云南美
术出版社, 2024.2

ISBN 978-7-5489-5384-5

Ⅰ.①三… Ⅱ.①云… Ⅲ.①诗词—作品集—中国—
当代 Ⅳ.①I227

中国国家版本馆CIP数据核字(2023)第124798号

责任编辑：台　文
装帧设计：石　斌
责任校对：孙雨亮　陈铭阳
封面题字：赵浩如

三迤风雅

云南省诗词学会◎编

出　版　云南美术出版社
发　行　云南美术出版社
社　址　昆明市环城西路609号
邮　编　650034
开　本　720mm×1010mm　1/16
印　张　28.25
字　数　285千
版　次　2024年2月第1版
印　次　2024年2月第1次印刷
印　刷　昆明美林彩印包装有限公司
书　号　ISBN 978-7-5489-5384-5
定　价　88.00元

诗花词彩寄真情

孔祥庚

壬寅初春，云南省诗词学会会长朱籍先生约为《三迤风雅》写序。因疫情反弹，故搁浅。今逢龙抬头之良辰，朱籍先生又来电话问讯，旋即，副会长刘金保先生传来电子版样稿，再嘱序文。写序如作诗，无题目便无从下手。题目与出版内容不沾边，岂不敷衍读者。苦于无题，只好认认真真读样稿，仔细品赏玩味，无数诗花词彩渐渐呈现眼前，皆真情也！故拟此题目为序。

曾有不喜欢诗词的青年朋友告诉我，他最近开始写诗。我问他是不是在恋爱，他反问我怎么知道的。过来人也！当对一个人的感情在内心涌动时，就引发作诗的冲动。这种挥之不去的感情，便是诗人作诗的动机，便是孕育诗词的胚胎，我把它称之为"诗魂"。他的诗心为什么萌动？因为恋人、恋情、郁勃的情感需要表达渠道，没有什么文体比诗词更适于表达情感。人的思想情感、情怀抱负、情志情性等等，无不是勃发的诗心。

"情"是诗人的感受和态度，是具有超脱性的，是基于见识的人格升华，自诗三百以来，"情"就是一种重要且影响深远的诗歌主张，具有深刻的内涵和丰富的美学意义。《毛诗序》云"情动于衷而形于言"、"情志并举"。孔子论《诗》，有"兴观群怨"说，其中"兴"就是比兴，就是抒情；《古诗十九首》的抒情性也是极强的。晋时陆机《文赋》"诗缘情而绮靡"，首倡"诗缘情"。唐代孔颖达《五经正义》说："情、志一也"。《文心雕龙》说"为情而造文""盖风雅之兴，志思蓄愤，而吟咏性情"。北宋邵雍《伊川击壤集序》云："怀其时则谓之志，感其物则谓之情。"至近人王观堂先生《人间词话》云"喜怒哀乐，亦人心中之一境界，故能写真景物、真感情者，谓之有境界。否则谓之无境界"。

以上诸多论述，都说明了"情"在诗歌中的重要性，在近代西方诗歌的创作理论中，也注重内心与外物的结合。看来，人类社会创作诗歌的动机都是相通的：以"情"为发端和根本。而本文要说的"情"为诗魂，则是指诗词的生命力，在于所表达的情感、情怀、情致、情性等。一首好的作品，必定是情感浓郁、情怀勃发、情致动人、情性感人的。

《三迤风雅》里，有无数专家、学者、老教授兼著名诗人的作品，有无数青年诗人的作品，有无数少数民族诗人的作品，这些来自不同界别、年龄、学历、经历、行业、职务的诗人的作品……几乎每首都是情动于衷的感发，什么家国情、儿女情、父子情、兄弟情……

什么山水情、故乡情、风物情，民族情……令人感佩：一个"情"字统领全书。

充满浓烈的家国情怀为此书的特色之一。马凯先生的"缘何恬睡？蓄芳来日夺魁"（《天净沙·参观世博会夜景》）"古城依旧，却看春闹枝头"（《天净沙·丽江大研古城》），"群山皆小，手伸人比天高"（《天净沙·玉龙雪山》），"夺魁"、"春闹"、"群山皆小"皆寄寓着期盼国家兴盛强大之情怀。

例如，令狐安先生的《走访下岗职工》《佤山行》《苦聪山调查有感》皆是充满着浓厚的怜民爱民之情，特别是20世纪末云南流传的《访贫有感》：

> 茅顶泥墙旧板床，
> 面青肌瘦破衣裳。
> 春城一席红楼宴，
> 深山十载贫家粮。

例如，马曜先生充满忧国之情的《香岛奉和郭沫若先生》：

> 北征投笔想当时，杳杳星空鬓有丝。
> 异国深悲埋甲骨，十年文阵偃牙旗。
> 幽燕竟束城狐尾，江汉寻歌战士诗。
> 犹忆出门惊顾处，娇儿酣卧未牵衣。

再例如，李根源充满抗日激情的《闻台儿庄之捷》：

> 南北两轮台，边风动地哀。

几回看汉月，忽报捷书来。

山水情怀诗词为此书的特色之二。司马迁曰："《诗》记山川溪谷禽兽草木牝牡雌雄，故长于风。"许多来自国内外的诗人，在亲近云南自然风光中留下精美的诗词。他们的作品里有感发于梅里雪山、高黎贡山、无量山、哀牢山等情怀，有感发于金沙江、澜沧江、南盘江、怒江、红河等情怀，有感发于多样性民族文化的绚丽颂歌……例如范诗银先生的《浣溪沙·燕子洞》《浣溪沙·大观楼梅》《东风第一枝·登建水朝阳楼》；杨逸明先生的《参观抚仙湖水利工程出水口》《游秀山》《访翁丁原始部落群》；王亚平先生的《木兰花慢·滇南彝家山寨梨花》《木兰花慢·广南壮乡八宝河泛舟》；张力夫先生的《哀牢山访新平千家寨遗址》《晚宿元阳哈尼小镇》《辛丑初夏品茗于玉溪峨山》；江岚先生的《过帽天山澄江寒武纪早期化石博物馆》《戊戌冬日过蒙自碧色寨》《戊戌冬日过蒙自西南联大文法学院遗址》；刘庆霖先生的《看那色峰海，云未开而记》《多依河畔布依族爱情故事》等等。这些作品证明，云南是诗词创作的天堂。从诗词创作规律的角度讲，这叫作"物使之然也"（《礼记·乐记》），就是说云南特有的自然现象造就了诗词创作的优裕环境。新中国成立初期，有文艺工作者说："到云南不作诗填词有负苍天的恩赐！"于是，产生了《阿诗玛》《五朵金花》等电影的歌词。不过，这话是对诗人讲的，也就是对能够用语言文字将内心感受表达出来的人讲的。如果没有诗词创作修养和表达能力，即便是有一百二十分的感动，也不可能入选《三迤风雅》。《书谱》曰："岂知情动形言，取会风骚之意；阳舒阴惨，本乎天地之心。既失其情，理乖其实，原夫所致，安有体哉！"孙过庭说的是人们岂知情趣有感于激动，必然通过语言表露，抒发出与《诗经》《楚辞》同样的旨趣；阳光明媚时会觉得心怀舒畅，阴云惨暗时就感到情绪郁闷，这些都是缘于大自然的时序变化。诗书艺术是相通的，诗词创作是外物与情趣的完美结合！

许多云南诗人对大自然的感发更为深广，情感更为浓烈。例如，张文勋先生的《甲子秋日登西山龙门》：

龙门一啸岸圜冠，摇落霜林旧梦残。

丽日常曛秋色暖，西风乍起雁声寒。

登高远眺丘山小，闭目沉吟天地宽。

万象纷纭皆自得，忘言得意久凭栏。

例如，赵嘉鸿先生的《游云龙天池》：

岭上瑶池碧，松间蕙露香。

春深花照影，秋半月浮光。

旷士曾操缦，仙姝此浣裳。

留连忘俗累，不欲别云乡。

例如，李蔚祥先生的《登蛇山远眺昆明城》：

三月春风岭上行，喜从大处看昆明。

四山挽手环丰甸，一水扬波托古城。

陌畔桃花新雨湿，云边村舍晚烟横。

骋怀游目韶光好，诗赋登高半日情。

友情、同志情等人际交往诗词为此书的特色之三。

例如，方树梅的《顾颉刚教授云南大学，未获游苍洱之胜，顷入蜀主齐鲁大学，以诗饯之》：

嗜古复疑古，居今不薄今。

滇池瞻北斗，学海得南针。

同勉千秋业，相知一寸心。

长房缩地后，苍洱共登临。

例如，徐嘉瑞先生的《题担当》：

守此寒香重此身，

一尊常满未为贫。

不知黄菊经霜后，

今在东篱有几人！

再例如，赵浩如先生的《山中访友》：

山路缘缘处士家，

紫云梢上夕阳斜。

主人相迓来开幔，

掀动茶蘼一架花。

此类诗词承继古人传统，且能以诗衡量诗人的人品。古代社会有些约定俗成的规矩，无论封疆大吏还是府台县令，必修撰两本书：一本是志书，记载自己做了什么事，必须向社会公开，即今天讲的政绩；一本是诗集，记载自己的情怀和人际交往，看是否忠孝，是否与奸佞小人有染，须让百姓知晓。这个不成文的规矩就像木匠师傅使用的墨斗线一样，成为评判一个官员是非曲直的标准，成为封建社会监督官员的无形机制。官员的好坏，翻开其诗集就能明白。这根"墨斗线"纵横中国历史几千年，即使在当下仍然有其影子。如果一些被写在诗里的朋友或被赞扬的人物，几天几年后就变成阶下囚、或腐败分子，那么诗人的品德就会受到质疑、指责。那些昙花一现的书籍，就是被这根墨斗线划下了书架。有几位诗人而今已经离开人间，仍然端端正正地聚焦在这根墨斗线上。这就是作诗做人的功夫，真情感！

故乡情、民族情、父母兄妹情为此书的特色之四。云南是集边疆、民族、山区于一体的省份，是全国世居少数民族最多的省份，历史悠久，文化多姿多彩，可称之为诗词宝库。此书收入了不少具有特色情怀的作品。例如，李琼华女士的《夏到农家》：

清溪竹隐几农家，晓日莺啼颂物华。

偶有犬声传地角，闲将足影印天涯。

塘前鱼跃半池水，雨后林披一抹霞。

村女篱边收豆荚，蔷薇架下试新茶。

例如，朱籍先生的《题景颇族》：

创世史诗今尚在，南迁线索幸能寻。

红山笛老留遗响，青海湖深恋故林。

目瑙纵歌崇日月，天涯来客结知音。

宴名绿叶原生态，催就华章胜赤金。

再例如，牛能先生的《菩萨蛮·出差蒙自途中闻父亲抱恙》，毛祁平先生的《临江仙·母亲节蜻蛉忆旧》。

诗心即初心！诗词的最高境界就是不断地向真性情逼近！为苍生书写，共苍生忧乐，"为天地立心，为生民立命，为往圣继绝学，为万世开太平"！一个诗人一旦回归真性情，或许抒发衷情，或许感发激情，或许爆发愤懑之情，或许与时代同频共振。司马迁曰："《诗》三百篇，大抵贤圣发愤之所为作也。"愤，因不满而激动，愤怒愤恨愤懑愤慨。"皆意有所郁结，不得通其道也，故述往事，思来者。"后来王国维引申为"天以百凶成就一词人？"十灾百祸，九死一生！诗集中此类作品亦不少。

最后需要说明一点，书名虽曰《三迤风雅》，实际内容多为"颂"矣！大部分诗词都是与新时代同频共振的作品，或颂党恩，或颂国强民富，或颂某一战斗的胜利，或颂某一工程的竣工，或颂家乡巨变，或颂自己所敬仰者。

例如，石鹏飞先生的《忆七七年参加高考》：

赴考忆其日，小舟过碧滩。

九年铩羽翼，一旦骞江天。

倚马文章就，逐波悲喜翻。

龙门从此去，长揖邓公贤。

例如，牛能先生的《致敬周总理》：

浮槎命世雄，盗火九州红。

敌赞调羹艺，民推吐哺功。

精魂融碧海，雨露满苍穹。

常有鱼龙舞，何须碥石丰！

例如，王再国先生的《鹧鸪天·杨善洲》：

奋斗艰辛十几年，日新月异变山颜。

风香云丽看蜂舞，水秀山青听鸟言。

娇似画，美如仙，莫非蓬岛降云滇。

每当漫步林荫下，遥望西天立怆然。

再例如，李学明先生的《歌颂中国共产党》、李学彦先生的《观建党百年庆祝大会盛况感赋》，石鹏飞先生的《题小湾大坝》《龙开口电厂》，类似的作品虽为点赞之作，实为抒情矣！

诗贵情真矣！王国维先生说过境界为上，这无疑是正确的。从《三迤风雅》创作的成果来看，如果在赏析诗词时，从"境界为上"、"情为诗魂"两个方面思考，也许最为妥当，这样不至于遗忘那些具有真情实感的诗词。"东郊瘦马使我伤，骨骼硉兀如堵墙。"杜甫在此处就没有用漂亮形象的字，也没有含蓄委婉，而是以朴实的感情直接说，我在东城的郊外看见一匹瘦马，"使我伤"。辞藻动人见真诚，情为诗魂韵绵绵。诸多前辈学者对诗词中的情感皆有论述，但过多的是突出境界说。如果将前人论诗词中情感的理论全面、系统精确地加以总结阐述，"情"这一元素，或许是诗歌生命力的更重要组成部分，"情为诗魂"，或将成为诗学理论以及创作赏析的又一重要标准。

《三迤风雅》的最大贡献当在于此！

癸卯二月初二

马凯

三迤风雅

曾任国务院副总理等职务。

天净沙·参观世博会夜景

华灯明月交辉，轻风柔曲萦回。抱叶掩容阖蕊。缘何恬睡？蓄芳来日夺魁。

注：昆明世界园艺博览会于一九九九年五月一日至十月三十一日在云南昆明市举办。这是二十世纪末最后一次世界性博览会，主题是"人与自然迈向二十一世纪"。作者于一九九九年八月十一日抵昆明，当晚参观了世博园夜景，第二天参加中国馆日的活动。

天净沙·丽江大研古城

石桥木府竹楼，小街水巷清流。唐乐宋筝今奏。古城依旧，却看春闹枝头。

天净沙·玉龙雪山

松裙雪髻烟绡，玉肌冰骨云腰。脚下奇峰绝峭。群山皆小，手伸人比天高。

令狐安

三迤风雅

1946年10月生，山西平陆人，曾任中共云南省委书记等职务。

重阳登高

封疆原不为封侯，笑看金色染霜秋。

清风两袖飘然去，落日如火云如舟。

佤山行

佤山抗英伟迹传，人民淳朴动我颜。

溪旁小憩同午饭，乡亲共话两心连。

访贫有感

茅顶泥墙旧板床，面青肌瘦破衣裳。

春城一席红楼宴，深山十载贫家粮。

苦聪山调查有感

近入山村问苦寒，家徒四壁叹无颜。

蓬门荜户连阡陌，月夜归来难入眠。

注：苦聪山，位于云南省红河州金平县者米乡。

走访下岗职工

柴门霜重薄衾寒，病中老母瘦影残。
娇儿初解愁滋味，旧衣新补又一年。

入滇第九年感春

金马仲春绿意浓，碧鸡新见杜鹃红。
山花水鸟皆亲友，惟念高堂月影中。

咏剑川

霞染金川千行柳，钟鸣丹峰百尺楼。
石怀瑰宝湖藏剑，名山胜水两风流。

庚子贺岁诗

倏忽岁又阑，举首望天南。
日沐流霞里，鸟鸣乱树间。
悠悠红土邈，袅袅彩云湮。
往事思无愧，回眸忆慨然。

范诗银

三迤风雅

　　1953年生，笔名石音、巳一、苍实，空军大校军衔。曾任空军航空兵某师副政治委员，国防大学中华军旅诗词研究创作院执行副院长、执行总编辑。现为中华诗词学会常务副会长，《中华诗词》杂志社社长，上海大学中华诗词创作研究院荣誉院长，国家语言文字工作委员会委员。出版诗词集《天浅梦深》《响石二集》《响石斋诗词》《虹影集注评》《诗银词》《石音集》。

浣溪沙·大雪日宿蒙自

　　道是燕山无雪花，更尤寒席月边斜。君应南国醉清嘉。

　　莫问红河青水涨，滚雷一串透轻纱。秋芦似已发春芽。

浣溪沙·燕子洞

　　雨燕为谁亮白腰，剪云摇笋走黄袍。流花无语落花桥。

　　生作玉苗凝泪老，滴来冰柱与天高。何方刻我短长谣。

浣溪沙·大观楼梅

摇破晴空几缕春，半开疏朵可销魂。何堪香影印征裙。

霜刃浮华弹未已，夕烟落照待新匀。不知谁是赋梅人。

浣溪沙·玉溪聂耳广场夜记

一句篱香一阕湖，一章灯火一行书，一弦玉指一弓无。

谱得"起来"肝胆裂，将它"前进"认心初。多情明月愧难如。

浣溪沙·界鱼石

拨浪何尝让水仙，更同星雨解云寒。悠游忽到石花前。

风起为思如雁鹜，头回无意不家园。此生莫忘此江山。

浣溪沙·辛丑二月十八玉溪诗词之市验收通过有记

夕照初斜与掌声，流云如水一窗青。扶疏花影为君横。

有约三年来作客，已将诗句勒名城。玉溪星月夺天明。

东风第一枝·登建水朝阳楼

七彩云南，三生梦里，朝阳高挂楼上。碧天万里春风，翠岭几重花幛。青湖小桂，挽征骑、将军无恙。过泸海、玉振金声，论语哪篇还唱。

情有约、曾编俊赏，心可渡、已安柔桨。升庵依旧人间，分韵几多卿相。啸吟传美，正句句、新腔流亮。有道是、建水凭栏，诗与远方堪望。

紫玉箫·贺少数民族诗词工委在玉溪成立

飘雪天山，流花湖海，树摇帆举东风。云南七彩，绚阔原平水，黄橘青松。那个桑叶，曾滴绿、角藕沙葱。耕刀缺，禾肥果香，快马弯弓。

长河渡断残色，迎晓日新来，朗照晴空。歌生大地，一声声、吟五十六心同。韵谐词俊，将梦想、注满金盅。相携手，眸外画边，万紫千红。

浣溪沙·别了玉溪留赠云南众诗友

溪也有名州大河，无风无雨响琼珂。兰香流去彩云过。

梦筑三年生韵树，心初一寸是诗歌。半红柿子为谁多。

刘庆霖

三迤风雅

1959年2月生，黑龙江省密山市人。毕业于解放军西安政治学院，解放军某部政委，上校军衔。曾任国务院参事室中华诗词研究院《中国诗词年鉴》执行副主编。现为中华诗词学会副会长，《中华诗词》副主编。著有《刘庆霖诗词选》（诗词卷、理论卷）等五部专辑。

看那色峰海，云未开而记

风人兴至即登山，千步台阶奋力攀。
因说峰海从天看，把吾诓到白云间。

多依河畔布依族爱情故事

走过山弯并水湾，白云侧畔绿荫间。
为听少女歌声妙，一个槟榔打两年。

玉溪风采

红塔高高夺世功，梯田流韵入遥空。
生辉玉作溪边雨，出彩云生天下虹。
一首歌成百族唱，两江水美万山崇。
抚仙湖畔石头里，寒武纪风犹有踪。

鹧鸪天·通海秀山赠孔祥庚及随行诸诗友

共沐清风柏挹尘，阳光薄薄洒于身。不为闹市不为野，半在花间半在云。

山作友，水成邻，莺声颜色正缤纷。谈诗论道过禅院，便是神仙也羡人。

浣溪沙·拜谒聂耳铜像

耳听民间疾苦多，倾情报国斗凶魔。奈何弦断雨滂沱。

一把琴成一段路，一支歌是一条河。此河此路在心窝。

鹧鸪天·参观澄江化石博物馆

千古抚仙初识容，帽天山下搦花风。约来此夕一弯月，指认那时三叶虫。

心有迹，梦无踪，黄昏小坐树朦胧。云边七种相思色，疑是当年双彩虹。

青玉案·聂耳故居忆聂耳

生逢祖国危亡即，地多缺，民多疾。闪电两条胸口匿，一条欢快，一条忧悒，缠绕闻雷激。

手中本是生花笔，势逼英雄弄琴笛。毕竟歌声能聚力，风云于指，海山成律，弦上黄河溢。

杨逸明

三迤风雅

1948 年生于上海。中国作家协会会员，中华诗词学会顾问，上海诗词学会顾问。出版著作有《飞瀑集》《晚风集》《古韵新风集》《路石集》《当代诗词百首点评》等。

参观抚仙湖水利工程出水口

日照飞珠溅玉多，金蛇狂舞影婆娑。
一排悬瀑如琴键，奏出都江堰续歌。

游秀山

协奏林风与野禽，亭台三教共清音。
苍藤老树相安长，各护深山一片阴。

题蒙自桥香园米线

诱人汤汁醉人烟，滚烫风情扑眼前。
何菅过桥香尚在，我归海上舌还鲜。

访翁丁原始部落群

深山深处近边陲，村落真同世久违。
只有白云常进出，捎些细雨洒柴扉。

游云南石林

万峰迷你眼前陈，绕柱穿林殊可亲。
人走一回同赏石，石经亿载始逢人。
久蹲小立都无语，浅刻深雕各有神。
大地屡遭风化后，百姿千态更天真。

访昆明老街聂耳故居

小楼瞻览字和图，才气功勋与众殊。
亮廿三年星竟殒，吼千万里浪难枯。
低檐下尚飘旋律，长夜中曾起疾呼。
一首雄奇进行曲，靠君排列几音符。

与诗友聚会大理崇圣寺

大刹同围小火炉，气氛恰共性情符。

旷怀未肯随人老，清议何妨与世殊。

我向苍山三叩首，谁能洱海一提壶？

书生自愧平安夜，忧患蒸黎只醉呼。

西江月·题昆明老街东方书店所摄小照

踏进读耕门第，书香扑面而来。一生襟抱此时开，四壁皆吾所爱。

且呷咖啡微醉，忽遭知识深埋。店中休笑我痴呆，正处神游状态。

张力夫

1964 年生于北京，祖籍河北滦南，本名志勇，号畏临轩。北京诗词学会副会长。

哀牢山访新平千家寨遗址

藤老千寻树，森罗不见天。
断垣茶贾去，顽石马蹄穿。
十里潺潺水，终朝寂寂烟。
殷勤循故道，容我问桑田。

晚宿元阳哈尼小镇

三才合一境，刻画逾千年。
鹤访飞云谷，人惊叠玉田。
优哉清酌夜，悔矣苦吟肩。
暂此尘嚣外，哀牢山上眠。

辛丑初夏品茗于玉溪峨山

水鉴云闲天净埃，茶山竹海锦屏开。
宜居环境闻名久，野象成群漫步来。

承千成君雅意赋通海秀山

◎ 一

几重瑶阁几重岚，石径相携友二三。
古柏自荣莺自语，清凉台上话升庵。

◎ 二

万树风生四季涛，仙门暂许避尘嚣。
悠然会得楹联意，始信名山不在高。

客玉溪

空中缥缈荡音符，叶子花开缀满途。
黎庶祥和岂天赐，名城事业赖人扶。
仙湖碧水留云鹤，宝塔青山融画图。
足迹神州千万里，当嗟气象此间殊。

江岚

1968 年生，河南信阳市人。毕业于中国人民大学中文系，曾供职于中华全国总工会教科文卫体工会。现任《诗刊》编辑部副主任，《中华辞赋》副总编辑，云帆诗友会顾问。著有旧体诗选集《饮河集》《相映集——六人诗词选》。

戊戌冬日过蒙自西南联大文法学院遗址 谒一下楼怀闻一多先生

先生下楼去，何日复登楼？
忍看凤凰树，花开血尚流。

饮酒之一

客从云南来，赠我一囊花。
视之皆蓓蕾，遇水展作霞。
插在铁枝上，灯光映如纱。
岂可无小酌？此时趣更佳。
不觉成独醉，起看月西斜。

庚寅八月过抚仙湖访三和茶楼
听冯乔慧女士弹筝

琼楼恰对抚仙湖，灯火微连一岛孤。

无那瑶筝听不厌，置身恍惚在清都。

过帽天山澄江寒武纪早期化石博物馆

魂消那止三生石，价重无惭孔壁书。

桑海茫茫亿万载，羞从朝市叹沉浮。

戊戌冬日谒通海文庙戏咏

松下微闻鼓瑟希，舞雩何似在清沂？

凿池不必羞半月，人到秀山头自低。

注：通海文庙前泮池作半月状，导游戏称原因是当地历朝未出状元，故不敢圆，余亦戏咏，实则泮池本半月形耳，如作圆形就僭越了。

戊戌冬日重过通海秀山谒白龙寺

此日龙王例出巡，守门唯有铁将军。

回身忽见蜡梅发，似把清香慰故人。

戊戌冬日过蒙自西南联大文法学院遗址

南湖风物号清嘉，小立洋楼怀绛纱。
乱世弦歌犹得地，夏天开遍凤凰花。

戊戌冬日过蒙自碧色寨

严冬何意沐春光，古寨花开似蛋黄。
咫尺山川控滇越，百年风雨话沧桑。
老钟不报夕阳近，空轨徒怜野草长。
自播《芳华》又增价，几多游女炫戎装。

注：次句指缅栀花，又名鸡蛋花。

戊戌冬日重过通海秀山

好诗何必长？名山不在高。秀气之所钟，往往出俊髦。随手一点染，举世仰风标。或见文章美，或见气节豪。或见栋宇幽，或见山水娇。秀山亦何幸！径以秀为名。他处一而足，此间四美并。山门对杞麓，海色照眼青。山腰有石墓，苍松护英灵。千章饶气势，百折转崚嶒。何意滇之南，花木尚荣荣。缤纷迷远客，恍如春日行。殿阁亦不凡，历代费经营。楹联更可夸，俊采若云蒸。乾坤本如寄，小坐爱寄亭。游心天海间，聊得片时宁。

孔祥庚

三迤风雅

　　笔名云根，云南人，研究员。早年从军务农任教，曾任中共云南省委副秘书长、云南省委政策研究室主任，中共玉溪市委书记、玉溪军分区党委书记，云南省人大民族委员会主任委员，中共十七大、十八大代表。现任中华诗词学会副会长、中华诗词高级研修班导师。曾在《人民日报》《诗刊》《中华辞赋》《中华诗词》发表诗词数百首，出版《云根诗词》三卷以及人物传记《理想的父亲》《朱德与云南》，非虚构文学著作《彩云绮梦·云南26个民族的伟大跨越》《五个石头的故事》等。荣获亚太文化产业成就展特别荣誉奖，《独龙江绝句》荣获第十届云南日报文学奖。

马凯同志赴滇接见云南省诗词学会人员感怀

朝阳冬至暖南滇，诗国旗高到眼前。
百代人文为大事，新征催我动吟肩。

女儿茶

雨林地，郁葱葱，采撷琼叶日月同。
玉指纤纤掐掐急，一芽半开嘉意浓。
慢火铜板烤新翠，素手揉搓见芳容。
沸泉喷珠激情动，银毫垂直琉璃盅。
石头记中说香茗，悠悠我心慨神农。

青玉案

地衣多彩云居处。猿游戏、鸾飞渡，戛洒江情挥不去。女娲藏石，筑宫修殿，妙手开先路。

潜心偿债淘金土，无意虚名扫埃雾。钢铁巨龙今漫舞。悠悠日月，斑斑霜鬓，终未遭辜负。

水龙吟

120米脉冲星射电望远镜项目落地哀牢山原始森林景东杜鹃湖，有幸参观感赋。

雨林迷彩烟深，地衣藤竹千年树。苔文争秀，斛形争俏，芷兰相顾。草甸滩头，杜鹃花里，猿啼鸥舞。讶神湖世外，**秋**波宛媚，无尘迹，绝舟渡。

却忆嫦娥往日，叹凄凉，错投星户。人间智慧，妙装天眼，洞观天**府**。宇宙中央，神州边地，景东乡土。正此间寻梦，凡仙对话，试龙吟赋。

青玉案·牛洛河

1993年调研普洱茶产业，写成《牛洛河的跨越》一文，荣获全国第二届新闻奖。近日受牛洛河茶业有限公司袁明德邀请重访故地，感慨成词。

春来春去春留步，采玉片，裁瑶布。好汉仙姑同起舞。万千烟翠，几多茶圃，遍种摇钱树。

一江两国分流处，冉冉红旗已先富。三十年前成笑语。草棚弯月，蓑衣瓦釜，媳妇梦中娶。

浣溪沙·兰溪桥

桥上朝霞桥下溪，一桥辉映众楼低。游人争到说传奇。

万古青山移不动，抚仙湖水倒流西。凡逢逆境出生机。

注：兰溪桥位于玉溪大河上游，为抚仙湖—星云湖出流改道工程的附属项目，始建于2007年。

浣溪沙·玉溪大瀑布

东水奔来十里长，飞珠洒玉入沧浪。雪花欣共雨花香。

治水须知疏滞碍，澄心务必弃肮脏。扬清化浊济汪洋。

注：大瀑布位于抚仙湖—星云湖出流改道工程出水口，宽198米，始建于2007年。此为阻拦星云湖五类污水流入一类水质抚仙湖应急工程的附属项目。

浣溪沙·庆创诗词之市通过验收步范诗银先生韵以抒诗怀

碧玉溪流喜鹊声，春风舞过柳垂青。诗悬高第匾新横。

柿子三秋红复火，初心一寸梦倾城。哇家日月更光明。

王亚平

三迤风雅

1949 年生于川北，1982 年毕业于山东曲阜师范学院。红河学院教授，石河子大学客座教授，中华诗词学会原副会长，《中华诗词》首任执行主编，著有《说剑楼诗词》《当代诗词研究》《逝川》（新诗集）等。

庚子中秋滇池（五首）

◎ 聂耳

松花江上压寒云，血肉长城义勇军。
五十弦翻犹撼梦，滇池秋叶落纷纷。

◎ 萧萧

婵娟千里唱秋池，更把秋红寄一枝。
掠梦萧萧木叶下，拈来片片是相思。

◎ 摇落

万里秋声悬雁阵，一帘秋水卷流光。
锦瑟无端又摇落，者番不是去年凉。

◎ 听秋

蒹葭秋水去来潮，块垒嵯峨借酒浇。
尺八呜然抚红袖，垂天撩眼是霞烧。

◎ 孙髯

茫茫云水且披襟，落照苍烟红涨深。

浩荡一联空万马，噌吰镗鞳到如今。

木兰花慢·滇南彝家山寨梨花

又春风扫梦，二三子，看花回。正万壑云流，万峰翠耸，万树霞飞。鹃啼。望虹霓挂，听轮台豪唱雪千堆。羌笛葡萄美酒，剑铓羯鼓胡姬。

幽微。花语谁知。茶一盏，对斜晖。叹王霸纵横，钟鸣鼎食，弹指成灰。醒时。且闲半日，到彝家小寨赏芳菲。花瓣潇潇似雨，一弯岭月如眉。

木兰花慢·广南壮乡八宝河泛舟

任扁舟破浪，载春酒，趁新晴。看鹭起蒹葭，烟浮远岫，古木苍青。风摇片帆弄影，把如歌往事付瑶筝。谁炼珍奇五色，碧峰娲石纵横。

闲持瘦竹钓深清。月上翠澜平。听乐动歌圩，天琴畅亮，蜂鼓轰鸣。蛮腰舞低细柳，更桥头拨草觅涛声。一树榴花似雪[1]，别枝掠过流萤。

① 注：此河桥头，有白榴花一树，时正盛开似雪。

木兰花慢·洛阳牡丹花会

笑风流不老，鬓边插，贵妃红。看洛水涛奔，邙山鹤舞，都在花中。追寻大唐旧梦，忆沉香亭北画栏东。听取霓裳软语，一枝艳照春浓。

春风。吐气如虹。携美酒，醉芳丛。任魏紫姚黄，淋漓笔墨，澡雪心胸。簪瑶碧之璀璨，唱凌波微步月朦胧。回首斜阳似火，绮霞掩映群峰。

木兰花慢·瑶池

驭腾骧八骏，约王母，会瑶池。看种玉耕云，吟龙啸鹤，青鸟飞飞。凭栏雪莲照影，正波光潋滟月迷离。风扫寒烟凤尾，瀑喧古木苍崖。

涟漪。莫问夜何其。难老是相思。念丝路洪荒，昆仑挺拔，红叶谁题。蟠桃可怜又熟，剩歌惊黄竹梦旖旎。闲对无端锦瑟，蝶孤但有花知。

木兰花慢·读漱玉词

纵寻寻觅觅，也难觅，旧神州。看剩水残山，人非物是，草木都愁。烟浮。素波照影，忆红裙惊起一滩鸥。风雨鸡鸣不已，紫鹃血碧荒丘。

幽幽。玉笛霜流。衰两鬓，怕登楼。况瘦比黄花，非干病酒，不是悲秋。绸缪。梦青未了，恨眉头才下又心头。迟暮情怀惨淡，几番欲说还休。

张文勋

1926年生于云南洱源，白族，笔名秋云、泥子，当代学者、作家、诗人、文艺理论家。历任云南大学中文系文艺理论教研室主任、系主任，云南大学西南边疆民族经济文化研究中心主任，云南大学文科学术委员会主任、学位委员会副主任，云南大学文学院中文系教授。曾任中国《文心雕龙》学会副会长、云南省诗词学会会长，现为云南省诗词学会终身名誉会长、云南省文史馆名誉馆长。著有《中国古代文学理论论稿》《文心雕龙探秘》《华夏文化与审美意识》《儒道佛美学思想源流》《诗词审美》等十余种著作和诗集《凤樵诗词》。

苏园遣兴

喜意满灵台，琼浆覆绿醅。

天光云外得，树影水中来。

忽发凌云想，愧无济世才。

华胥原一梦，异想觉天开。

清晨望海楼远眺

杞麓映云海，晨曦照太清。

山青岚竞绕，树碧鸟争鸣。

放眼蓝天远，沉思杂念平。

置身天地外，蝴蝶梦庄生。

赠客寓台湾诸乡亲

浪迹江湖远，悠悠白发生。

晨昏思故土，动静起乡情。

海峡浮云意，苍山杜宇声。

家园何处是，常忆叶榆城。

富民山庄禅趣

暇日郊游趣，山庄景色殊。

林深情脉脉，水碧意如如。

岁月无终始，浮云任卷舒。

忽焉忘物我，一笑俗尘除。

道法自然

天然造化最无私，暑往寒来总应时。

流水高山情脉脉，朝云暮雨意迟迟。

宿缘未了新缘起，前事毋忘后事师。

但得虚怀守静笃，童心不泯致良知。

游杜甫草堂

工部草堂迹未泯，锦江春色句常新。
星辰作伴谁凭吊，天地为心孰望尘。
茅屋秋风多饮恨，关山戎马倍伤神。
文章千古情难尽，万丈光芒照后人。

甲子秋日登西山龙门

龙门一啸岸圜冠①，摇落霜林旧梦残。
丽日常曛秋色暖，西风乍起雁声寒。
登高远眺丘山小，闭目沉吟天地宽。
万象纷纭皆自得，忘言得意久凭栏。

注：①《庄子·田子方》："儒者，冠圜冠者知天时，履句屦者知地形。"

自勉

得失成亏我自知，虚名有愧暮年时。
迷津未改春风志，歧路还吟红烛诗。
造化多情甘雨骤，耕耘无憾夕阳迟。
生平不羡麒麟阁，愿作春蚕永吐丝。

人生解悟

百态人生百样潮，南柯一梦绝尘嚣。
严冬更喜冰霜重，盛夏无求暑气消。
冒雨顶风犹自得，跋山涉水亦逍遥。
鷦鹩鸿鹄各随性，何必营营竞折腰。

古琴意趣

尘劳一悟佛缘深，冷月寒潭伴素琴。
万象纷纭归正觉，千山寂寞发清音。
雁来雁去逍遥意，云卷云舒自在心。
弦外忽闻天籁起，三空月色罩禅林。

赵浩如

三迤风雅

　　1938 年生于昆明。云南大学教授。中国书法家协会会员，云南省书法家协会原副主席，云南省文史馆馆员。历任中华诗词学会理事，云南省诗词学会会长。中国楹联学会常务理事，云南省楹联学会副会长。著有《诗经选译》《楚辞释注》《古诗中的云南》《昆明揽胜》《赵浩如行草书》《历代楹联选》《云南名联》等。美国西卡罗莱纳大学和密苏里大学访问学者。

山中访友

山路缘缘处士家，紫云梢上夕阳斜。
主人相迓来开幔，掀动荼蘼一架花。

题画梅

漫天风雨又黄昏，点染繁枝乱笔痕。
当得梅花铁骨恨，何期无泪赋招魂。

庚子孟夏应邀访宝华寺方丈

崇殿绀宫藏古村，为师弘法佑滇昆。
宝华寺静悟三昧，知客茶香识慧根。
撰句推敲探旧律，研经儒释叙同源。
何时闲了歇僧舍，抵掌明堂再义论。

宁夏怀古

和冯永林吟长原韵

◎ 一

迢递边关塞上州，平沙雁落大河流。
朔风千里玉门远，夕照半殷烟柳稠。
铁马已成怀古事，灞桥回望笼新秋。
贺兰山下闻羌笛，弹指千年意绪悠。

◎ 二

阳关东望接神州，指顾黄河入海流。
刁斗难寻征战急，烽台频问戍边愁。
朔风过处边陲静，芦管声中古北秋。
忽见新城歌舞起，游人来去总悠悠。

◎ 三

西夏风云镇北秋，畅怀朔漠几曾游。
长城犹在狼烟净，丝路仍连大道修。
羌管新声歌霸业，春闺旧梦叹闲愁。
银川花雨升平处，更向天方一带筹。

丘北普者黑歌行

文山自古佳山水，远在边关人未知。闻道人说普者黑，一游洵称天下稀。烟波千顷拥翠巘，捧出玉簪立碧池。争似桂林山水色，西移到此竞称奇。千峰秀出青螺黛，倒映绿波漾绿漪。士女嬉游山水间，蚁舟撑破碧琉璃。轻鸥掠过烟波上，掩映白云焕丽姿。渔妇艇边争卖酒，游人小酌对山矗。忽闻岸畔歌声起，彝族青年对调徊。弦子悠悠传情处，伊人宛在水中坻。溯洄舟过画桥外，云影天光映落晖。如此佳山佳水地，更兼荷色美如仙。芙蓉万亩绽开日，齿苗枝枝出鬓鬟。素白酣红争斗艳，丰姿绰约赛婵娟。芰荷白瓣镶红绦，别样奇葩世罕见。宛似凌波西子面，浣纱留影在波间。莲塘十里芳菲绕，浦边崖下舞翩跹。夹舟莲蓬迎风立，点水蜻蜓款款悬。莲叶田田撑水上，涓涓一片翠云团。擎天玉伞白云下，细雨来时和露妍。叶上跳珍珠万点，巨盘托出水晶筵。年年七月荷花节，湖畔游人赏花喧。都道荷花甲天下，无边风景在南滇。胜游共赞文山美，普者黑名天下传。

水调歌头·晋宁昆阳月山郑和公园

滇海登临遍，又访晋宁秋。碧波帆影鸥鹭，烟雨笼蘋洲。试问仙人何处？唯见青山隐隐，天际白云悠。且喜月山上，琉瓦焕新楼。

历阶上，探亭阁，径通幽。先贤故里，应多佳迹可寻游。跨海远航万里，挥麈楼船飞渡，伟业已绸缪。堪叹愚忠累，遗憾早归舟。

南乡子·西双版纳

春水漫芳畴，泼水桥边泛小舟。塔畔草亭延客处，勾留。版纳风情一望收。

鬟髻鬈云柔，卜少姗姗上竹楼。曼舞婆娑歌一曲，回眸。孔雀屏开翡翠洲。

于生

（1931—2016），内蒙古赤峰市翁牛特旗人，中华诗词学会会员，云南省诗词学会原秘书长。著有《萤光集》《浪花集》。

谒杜甫草堂

肩担凄楚雨，忧患触肠鸣。

带女逃荒去，携儿入蜀行。

吟诗滴血泪，化雨润沧溟。

道破人间苦，声声诉不平。

不朽诗篇在险关

雨落柴桑酒结缘，风寒心暖雾中旋。

鄱阳浪接天池水，五老峰牵扬子船。

花径书香传四海，洞中玉液滴千年。

攀登绝壁寻神韵，不朽诗篇在险关。

梦寻木屋

久住森林溪水滨，沧桑岁月自温馨。

红花笑送东篱雪，白鹤鸣迎南燕临。

熊拍柴门惊梦醒，莺飞阡陌访农耘。

窗前獐子听新曲，群鹿扬尘落日昏。

于乃仁

(1913—1975)，字伯安，云南昆明人。1946年与弟于乃义秉承教育救国的理念毁家兴学创办私立五华文理学院，任院长兼教授。新中国成立后曾任云南省高等学校招生委员会副主任委员、云南省政协文艺组长等职。著有《云南史地丛考》《云南史话》及诗词集《东风颂》等。

步于忠肃公《石灰咏》同仲弟作

冰肌玉骨志如山，烈焰熊熊斗几番。
遇得良玉甘挽首，建成广厦万千间。

读先祖自序一生《行状歌》

皇皇序述万言诗，字里行间见伟仪。
大节毕生始克念，虚怀忘我自多师。
红羊劫换伤夷祸，金马云飞想盛时。
祖训昭垂宜绳武，临风展诵足深思。

再上惺甫先生

龙飞青云上，与天为低昂。白驹逞驰骋，千里穷八荒。先生天挺秀，粲耀金碧光。士林知景仰，天下知纪纲。一言胜九鼎，一行作周行。饥溺为己任，忧乐民所望。诗思胜李杜，文星丽南疆。七泽炫异彩，四极摇光芒。巍哉左马后，运会挺一昌。今我侍杖履，蔼然袭余芳。

奉母及仲直等游筇竹寺观五百罗汉塑像

积雨洗残暑，新秋午荫凉。母曰苦喧扰，驱车以翱翔。稻熟鸟雀喜，丹桂发幽香。拄杖话桑麻，矍铄母康强。飞云锁崖径，山深古寺藏。五百阿罗汉，庄严貌堂堂。何人留手痕，绝妙若通神。瘦者如鹤骨，形癯似完人。丰肌肤盈硕，光泽轻且匀。有若王侯像，威仪目怒瞋。有若隐逸士，潇洒自出尘。有若宰辅姿，巍巍古重臣。有若孔颜子，儒雅自彬彬。有若伊吕徒，垂钓在渭滨。或驱驰偃仰，或訾骂笑謔。或雍容缓步，或耳语启唇。或卷曲敛衽，或啸歌相观。或穴居樵采，或笑傲吟呻。形态虽万殊，一一全其真。至人悟象外，精气斯弥纶。欣赏叹观止，此理难具陈。

梦游桃源

百忧撄心夜未央，狂歌痛饮尽千觞。顿觉操舟浮于海，舟子服用古衣冠。谈笑朴质彬有礼，乃似亲接逢羲皇。朝暾初出鸥浴水，浪花飞溅俗虑忘。峰回树密红成海，林尽山深宿晚鸦。借问舟子村何处，云是武陵桃源家。微波荡漾鱼无数，满山开遍锦绣花。停舟缓步寻渔父，流光照眼如云霞。渐睹田园隐烟雾，遥闻鸡鸣话桑麻。渔父趋前问所适，仿佛蓬莱弱水涯。皎皎容颜胜冰雪，藐姑仙人漫堪夸。相见惊喜询邦族，云是避秦暂托足。人知礼让世唐虞，雍容温语自辑睦。日出而作入而休，身在山中友麋鹿。询之以寿乃千年，使我闻之颈犹缩。鸡黍相邀尽欢乐，殷勤留我一舟宿。白云晴护一舟归，红雨回看万树飞。徐福自甘东海老，刘晨再到天台非。我意仙人非避地，托言避秦实避吏。醒来日已上三竿，梦中所历犹堪记。今世桃源哪可寻，只有求之于寤寐。

马骢

三迤风雅

（1886-1961），字伯安，回族，昆明人。云南武备学堂毕业，参加过辛亥革命、护国运动、抗日战争，授陆军中将，历任军政要职。因参加爱国民主运动于1949年"九九整肃"时被捕，出狱后参加卢汉云南起义。新中国成立后历任西南民族委员会委员、云南省民族事务委员会副主任、省政协常委，当选人民代表。精书法，擅诗文，著有诗文集《伯安吟草》《雪泥鸿爪》。

春日偕家人游筇竹寺、太华寺

◎ 一

梁王避暑筇竹宫，太华高居开胜雄。
最是耐人留恋处，山茶一树灿云红。

◎ 二

不甘雌伏动游踪，共与家人一豁胸。
佳水佳山资领取，归来余兴未辞慵。

◎ 三

野蔬山渌馔伊蒲，取瓣咄嗟香积厨。
丈室维摩情款密，茶香沁得一尘无。

◎ 四

风和日暖踏春游，一望郊原绿满畴。
艰苦民生勤有获，笑他坐食不营求。

杂感

平生志趣诩经纶，下笔千言富等身。
何事一朝临大节，彷徨竟少读书人。

过高黎贡山

上至青天下碧泉，车行山路任盘旋。
迎眸只觉众山小，难有山巅可并肩。

感赋

晚来心境别无欢，故纸堆中偶一钻。
不尚师承空论究，徒矜风雅笑邯郸。
吾文最喜相知定，斯道真求素解难。
敝帚自珍还自慎，莫将门户肆讥弹。

马曜

（1911—2006），字幼初，白族，云南洱源人。教育家、历史学家、民族学家和诗人。曾任云南民族学院教授、院长等职。著有《茈碧精舍诗集》等。

石鼓

石鼓人间老，千年倘一鸣。

狂澜终不挽，看汝锁江声。

题王惕山先生《知希堂诗钞》

健笔凌元祐，渊源自草堂。

往时冠獬豸，诗律凛冰霜。

日月悬衷皎，乾坤照眼凉。

卅年离乱迹，一一见端详。

丙子仲春，养疴洪都，再次前韵答任之

一卧惊花发，鸣禽入枕听。

乡山存梦碧，海色照心青。

芳意垂春尽，孤怀恋夕暝。

微吟期万籁，悄影寂残经。

次韵答任之秋夜雨后见寄

空山雨后临清夜，四壁虫吟合细听。
素志永怀秋水白，闲情犹带晚林青。
星辉满院摇天影，萤火过庭透夕暝。
坐接茗寒销烛烬，虚窗残梦伴心经。

香岛奉和郭沫若先生

北征投笔想当时，杳杳星空鬓有丝。
异国深悲埋甲骨，十年文阵偃牙旗。
幽燕竟束城狐尾，江汉寻歌战士诗。
犹忆出门惊顾处，娇儿酣卧未牵衣。

中州画家夏君明遍游康、藏、滇边区，近至丽江示所作《虎跳江图》索题

窄咽奔流一箭穿，玉龙倒挂啮青天。
拏空霹雳惊弦断，犹见江心虎眼旋。

王兴麒

（1926—2021），四川射洪人，曾任中国楹联学会常务理事，云南省诗词学会发起人之一、原副会长，云南省楹联学会原会长，云南省楹联学会名誉会长。中国楹联学会首届梁章钜奖获得者。

次书祝兄留别诗原韵

漫道江春入旧年，遥看风疾一帆旋。
瓯边休作芜城赋，岭上曾吟白雪篇。
竹坨书亭宜曝背，南湖游艇好凌天。
凭君但忆桥头语，时把情思万里传。

踏莎行·抚仙湖孤山

语燕敲春，啼鸦破晓，江干绿遍芊芊草。云霞一出露苔新，烟波霭霭迷孤岛。

鬓发惊秋，残阳怯照，尘心欲付荒林鸟。黄昏岭壑渐苍茫，无边风月欺人老。

临江仙·惜逝

物换星移天地转，南楼几度春秋。金乌玉兔竞西投。江蓠摇落后，抚景不胜愁。

半百韶光虚度了，此生行老荒丘。蓼花烟蝶但淹留。仙槎无处觅，且上木兰舟。

沁园春·感怀

不尽征程，有限年华，玄鬓渐霜。念鸾凰镜碎，情迁缘绝；鹡鸰原冷，雨溅风狂。寄食儿曹，飘萍难定，也爱时兴巧样妆。无名籍，长安居岂易？旅况凄惶。

生涯九转回肠。忆往昔，那堪稻菽荒！似新丰倦客，主人白眼；淮阴落魄，市井欺将。岁晚于今，将陪末对，只恐槐安梦一场。功名事，怕儒冠依旧，负却春光。

望海潮·游泸西阿庐古洞

断崖深谷，飞龙奇瀑，晨钟暮鼓悠悠。苍玉琢成，黄金铸就，神仙洞府难侔。隔海望犀牛。石钟频滴乳，壁幕藏幽。独绽莲花，孤悬明月照千秋。

溶溶漾漾清流。纵吟边一叶，浪激轻舟。岩岸素光，沙湾石笋，依稀十里螺洲。往事梦中休。问唐公睿识，可解沉浮？霞客而今又到，此地足淹留。

王思诚

三迤风雅

（1917-2001）祖籍云南玉溪。中国作家协会会员、中华诗词学会会员，云南省诗词学会、云南省老干部与昆明市老干部诗词协会顾问。著有《小竹里馆吟草》。

重九敬老节感赋

尚齿新风化雨功，欣逢佳节感优隆。

思无俗虑康而乐，性本天真老亦童。

三径菊香朝露湿，一林枫火夕阳红。

人当盛世襟怀畅，却笑秋声赋醉翁。

春节即兴

禹甸更新气象隆，欢声一片万方同。

漫天淑景人皆暖，遍地韶光物竞丰。

细草含情铺野绿，繁花着意报春红。

华山翠海多佳话，又见群鸥下碧空。

孔庆福

三迤风雅

1926年生，云南弥勒人，中华诗词学会会员，云南省诗词学会顾问，著有《五言短诗选》《离离草》《积跬室诗稿》《五七言小律和六言绝律》。

书斋暑闷

莫向云天问暑消，青城门外避尘嚣。
凭窗闷对梧桐翠，隔院闲闻凤竹箫。
独守寒斋攻课业，空营学位养清操。
满街狼犬难言事，泪湿青衫诵屈骚。

寄居台老同学陈克义先生

一衣带水共春晖，双眼望穿伤久违。
骨肉亲朋思缱绻，炎黄胄裔盼回归。
坚冰不破鱼书杳，岛禁初开雁字飞。
大陆山河非旧貌，难寻故里拜庭闱。

大理抒情

日落苍山掩夕晖，云浮洱海带霞飞。
群峰窈窕千秋白，三塔娉婷百尺巍。
蝴蝶泉寒花灼灼，望夫云涌雨霏霏。
销魂最是山茶树，万朵红英映翠微。

方树梅

（1881-1968），云南晋宁人，字臞仙，号师斋，一号雪禅，一号盘龙山人。著名学者，云南大学唯一终身教授，辑有《明清滇人著述书目》《近代滇人著述书目提要》《晋宁县志》《钱南园年谱》《滇文丛录》《学山楼诗集》。

化乐村

早被诗书化，相安乐此村。
两山围柳岸，一水抱柴门。
市小商情冷，林深鸟语喧。
祀神期岁稔，八蜡古风存。

鲸鱼山

拔起千层浪，滇池退让宽。
化身成砥柱，掉尾挽狂澜。
汉武心何壮，梁王胆亦寒。
秋风鳞甲动，仿佛跃长安。

韬晦

坐井难言学，居乡耻号绅。
甘为斯世弃，喜与古人亲。
山水能医俗，诗书最养身。
低头避当路，韬晦了天真。

顾颉刚教授云南大学，未获游苍洱之胜，顷入蜀主齐鲁大学，以诗饯之

嗜古复疑古，居今不薄今。
滇池瞻北斗，学海得南针。
同勉千秋业，相知一寸心。
长房缩地后，苍洱共登临。

和李印老《移居普坪村》原韵

宰相山中不老春，高怀卜筑近华滨。
草堂村畔人皆仰，舟屋芦边德有邻。
金碧宏开推国士，沧桑屡阅号天民。
白头未改烟霞癖，揽胜探幽得句新。

六一初度，学山楼设新榻有作

六旬已度又辛年，问到功名愧昔贤。
卅载编书堪覆瓿，全家归里合耕田。
将军山下无宁土，学士峰前有乐天。
从此蒿床新位置，古人一一好周旋。

十二月初六日，翠湖杨文襄公祠落成，举公生日祀，赋此以志景仰

◎ 一

名世由来五百年，堂堂相业首开滇。

昔怀故宅螳川上，今喜新祠翠海边。

丁卯令威知化鹤，庚寅正则拜啼鹃。

乡人仰止乡先正，济济冠裳礼大贤。

◎ 二

群山回抱水环村，三径重开偕隐园。

竹子孙多容众鸟，芭蕉叶大蔽闲门。

痴儿不惮浇花苦，冷客频来把酒温。

富贵浮云非所爱，世间惟有布衣尊。

邓经邦

（1915-1992），云南盐津人，毕业于云南大学矿冶系，历任云南大学矿冶系讲师、副教授，东川矿务局高级工程师，原东川市政协副主席。曾任云南省诗词学会常务理事，东川春蚕诗社社长，昆明金碧诗社副社长。

茶花颂

岁寒三友外，傲雪喜茶花。
玉面涵清露，青裙拥赤霞。
枝娇无媚骨，根壮茂新芽。
浩荡春风里，生机靡有涯。

庆清朝·春蚕诗社成立三周年献辞

缅桂香浓，红榴火炽，芰荷沉醉薰风。明时景好，郊原一片葱茏。共庆良辰载酒，春蚕诗友乐融融。三年作茧勤吐哺，小慰初衷。

此际眉飞色舞，正笔酣墨饱，誉兔夸龙。声声长啸，如虹浩气凌空！欣看处囊脱颖，诗人何处不英雄？经纶满腹能织锦，岂仪词工？

望海潮·结婚纪念日寄俊英

飞来奇祸，强离鸾凤，廿年往事堪伤！冤案得伸，情场失意，何期晚景凄凉。刺激最难当！永忠贞不二，时念糟糠。痴等多年，不应再负好时光！

旧时恩义难忘，是九年恋爱，八载鸳鸯。身处矿山，魂萦爱侣，无时离却心房。信念坚如钢！喜冰霜融解，儿女昂藏。希望重圆，缠绵情史谱新章。

由云龙

（1876－1961），字夔举，别号定庵，云南姚安人。清末举人，历任永昌知府、云南省教育司司长、护国军总司令部秘书长、云南省代省长。新中国成立后任第一、第二届云南省政协副主席。著有《定庵题跋》《定庵诗话》《石鼓文汇考》等。

高峣山居

栖息王官谷，逍遥独乐园。

清游藜作杖，宴坐竹为垣。

双屦勿令暇，一瓢犹恶喧。

似人闻则喜，遗世欲无言。

高峣十二景（选四）

◎（其一）碧关霁雪

向晓鸡声寂，严关一夜寒。

朝晖上西崦，积雪满林端。

可有骑驴客，梅花好共看。

◎（其三）昆海归帆

平芜看渺渺，远水思悠悠。
城郭云中见，樯桅天际浮。
田游能记否？帆影白于鸥。

◎（其五）华亭钟声

鹤唳寥天遏，鼍喧动地闻。
劳心收一击，到耳息群纷。
粥鼓斋鱼外，孤声响入云。

◎（其十一）杨祠腊梅

芳馨通曲径，探胜上湖滨。
栀貌宁欺我，檀心却引人。
大名同馥郁，白首一怡神。

赠赵公鹤清

写生妙手赵千里，了了湖山景不殊。
名胜已曾传贵纸，纪游重与作新图。
他年酒伴如相忆，旧日诗情可共摹。
过眼烟云知几许？倘教鸿雪笑髯苏。

遽园赏月

湖波山渌两莹然，万籁无声月正圆。
不暖不寒留客夜，宜晴宜雨养花天。
倾谈勿事重烧烛，分韵还应共擘笺。
可有鸱夷纵游棹，清辉载满五湖船。

高峣看花

一年春好是今朝，春序平分百卉娇。
姹紫嫣红争日丽，阑风伏雨应时调。
人来野寺都忘俗，花近山前不待浇。
非为避秦觅栖隐，菟裘只欲老渔樵。

毕峪

（1911-2010），江苏吴江人。毕业于上海圣约翰大学英文系，曾任《约翰声》学报总编、云南师大附中教师、云南师范大学外语系教授、研究生导师等职。

早梅

昨宵寒月下，梅萼一枝新。

岁晚厌霜雪，宁知中有春。

渝昆道中口占

梦逐东流去，人随南雁飞。

时艰为客早，宦薄返乡迟。

秃笔三生侣，离骚一卷诗。

巴山今夜雨，寄语莫相思。

轻梦

轻梦落春前，斜阳压翠钿。

花间一回首，柳色几重天。

离别生秋雨，梧桐冷暮蝉。

杏红衫子薄，莫上采莲船。

古意

君家吴江头，侬住金陵郭。

同是江南人，且说江南乐。

江南可采莲，莲开红灼灼。

采莲不采叶，叶是鸳鸯幕。

幕上秋风生，露下青枝落。

枝落丝仍连，人去心相托。

相托江水长，相送风波恶。

赠君双莲子，心苦好为药。

夔门

百川到此无歧路，万里如今况独行。

水落舟从危礁出，年来草与故城平。

大王风歇花还舞，神女梦深月自明。

最是秋江欺客子，断猿声里夜潮生。

白帝城

风烟万里接高城，危阙曾屯蜀主兵。
霸气当年干北斗，大江终古怨东征。
犹传雄略鼎三足，怅望谯门月两楹。
却忆夔中飞旆日，一声塞马乍开营。

莫愁湖茗坐胜棋楼

石城寒翠逼岑楼，落日荷塘万柄秋。
深谷已荒秦草木，残阳犹记晋风流。
即今剩水殊无赖，不道佳人字莫愁。
休倚危栏看月上，江山已白几分头。

刘尧民

三迤风雅

（1898-1968），名治雍，字尧民、伯厚，笔名林不肯，云南会泽人，曾任云南大学中文系教授、系主任。九三学社昆明分社副主任兼秘书长，云南省政协常委。著有《孔子哲学》《词与音乐》《废墟诗词》等。

欢呼解放

东林劳燕久参差，廿载蹉跎鬓已华。
逃向空虚无可说，梦中赤手搏龙蛇。

一九五九年赴京参加庆祝建国十周年大典作

佳节腾欢日，风云万里清。
红星辉国步，银汉指鹏程。
四野花争发，百家心共鸣。
勿忘西海上，绞索系长鲸。

一九四八年十二月十五日阅报

四海讴歌霸运移，惊魂不定绕兰池。

千年帝史殉青骨，一部民权肇赤眉。

优孟衣冠将尽日，石城风雨欲来时。

可怜无补秦庭哭，残梦新华续古悲。

临江仙

> 一九五八年十二月赴京开九三学社全国代表大会在陇海车上作

日日列车通蜀道，从来难似登天。三门骇浪化平川，愚公山可凿，精卫海能填。

旧死新生多少事？飞轮夜过秦关。车中不寐想联翩。晓风吹北国，红日照中原。

金缕曲·南京解放

无语长江水，又流残、紫金山下，蛇神牛鬼。二十年来帝王梦，试问而今醒未？看士气消沉如此。关外残兵齐解甲，到徐淮精锐余无几。和与战，都不是。

红旗滚滚江南指。驾长风、飙轮齐发，云帆直驶。一片六朝金粉地，瞬息望风披靡。更扫荡华南残垒。四万万人同解放，待从头痛把腥膻洗，写中华，新民史。

蝶恋花·向焦裕禄同志学习

◎ 一

砥柱黄流冲巨浪。忘我无私，一心情向党。力战碱沙千万丈，披肝沥胆山河壮。

烈绩英姿成已往。兰考人民，化悲为力量。屹立千秋留榜样，英雄活在人心上。

◎ 二

兰考英雄三十万。后继前踪，日与洪流战。壮志移山终不变，灾区化作黄金县。

万里鲲鹏无畔岸。我正青春，莫道桑榆晚。仰望高山人未远，生生死死依《毛选》。

刘难方

1917 年生，湖南湘潭人，曾任云南省诗词学会常务理事，《云南诗词》副主编、顾问，著有《西行吟草》。

舍舟登陆游月光洞

水村千户小桥连，五里行程别有天。
无数观音姿态异，月光斜照比婵娟。

屈原

行吟泽畔几经霜，兴国忠君死未忘。
熊楚两王无一悟，龙舟千古吊三湘。
忆过祠宇渔樵语，难得离骚日月光。
举世文坛敬诗祖，至今遗俗遍他乡。

李根源

三迤风雅

（1879—1965），字印泉，号曲石，云南腾冲人。辛亥元老、民国陆军上将，是中国近代史上的著名人物。曾参与领导云南起义，参加"二次革命"、反袁世凯称帝活动和"护法"斗争等革命运动，在滇西问题的解决、边疆民族地区的治理等方面做出了重大贡献。

闻台儿庄之捷

南北两轮台，边风动地哀。
几回看汉月，忽报捷书来。

螺峰登高分韵张莼鸥兄为拈得如字

梦想螺峰胜，吴山总不如。
登临多耆旧，老病有痀疽。
莲泺挥戈日，龙池醉酒初。
何当归去好，莫再恋姑苏。

春日泛舟高峣怀升庵二首（选一首）

荒祠惟听鹧鸪啼，湖上烟波望欲迷。
想见簪花杨太史，醉携僰女浪留题。

归曲石十六首（选一首）

边雁嘹空孤月亭，龙潭故宅认分明。

山中细检先臣迹，盘石粼粼古柏贞。

移居普坪村感赋

卧病龙山历岁春，移居又傍草湖滨。

三间小屋能容膝，九老峰高可作邻。

在昔空持王霸略，当今哪有葛怀民。

堂坳浮芥身如寄，芦荻萧萧白发新。

霜镜堂待月

八月连天雨，晦暝不见月。皓魂吐光辉，直到霜降节。既望又二日，月光尤皎洁。初升出海际，俄焉上林樾。玉壶冰鉴清，湖月成一色。突焉现卿云，纠缦殊奇绝。层层捧月上，俨如锦绫掇。月高云渐收，朗朗照白发。万籁此俱寂，虚堂清入骨。欲睡苦未能，中心多宛结。伤哉我国土，哀哉我民血。辽冀初丧师，淞沪再失律。石头城零落，江汉声呜咽。胡笳遍绥蒙，兵烽达闽粤。如此好江山，竟成龟背裂。宋明亡国痛，我躬何不阅？天生戚俞将，湘江幸告捷。狂寇四万人，一朝汨罗没。晋赣两战场，杀伤敌股慄。得此一战功，战局渐复活。所望胜勿骄，益把忠诚竭。或挥鲁阳戈，或投班生笔。力挽逆水舟，才是真豪杰。万众齐一心，匈奴不难灭。从死中求生，国耻必能雪。对此好景光，何事心忉怛！斗转欲三更，光射蛟龙窟。与君拥鼻吟，坚坐待天彻。

来凤山

凤兮凤兮自何来？崩洪渡峡巍然起。联珠星峰锁水门，富厚浑雄尊无比。东出象岭敞华严，西下麦田到凤里。东西蔺家与胡家，武功文采光乡史。凤首昂昂入铁城，天下第一学在此。凤尾翘翘绮罗香，岁寒不改怀三李。特伸一爪双坡头，挺生巨儒中峨子。枝泡勾曲少人知，起分断结多奥旨。此就凤山大势言，四方八面皆有止。有说凤自东山来，霞客游编曾详纪。又有人说是火山，打鹰烈遗后先死，山间犹存喷火口，元龙烧剩一潭水。言虽诙诡不可方，亦是近代科学理。更有李金赋晴岚，藻采缤纷徐庾体。当时两管生花笔，字字真可珠玑拟。我今看山且论山，天下名山究有几？汉唐宋明诸陵墓，也曾亲着我双履。五岳亦经登四岳，比之此凤输肥美。凤兮凤兮百鸟王，奋翅天地莫稍馁。

李鸿祥

三迤风雅

（1879-1963）字仪庭，云南玉溪人。清末毕业于日本士官学校，同盟会会员，参加过辛亥重九起义、护国运动，任云南民政长。新中国成立后任云南省军政委员会委员及云南省人民政府委员。著有《杯湖吟草》等。

光绪戊戌春应童试不第有感

科举抡才已末流，一衿得失讵堪忧。
文章有命本天定，学术根心岂外求。
佩印苏卿由刺股，下帷童子苦埋头。
鸡鸣起舞鞭先着，四海澄清志未休。

甲辰（一九〇四年）夏由高等学堂游学东瀛

欧化东来正炽行，竞言富国与强兵。
书生素抱匡时志，破浪乘风心不惊。

甲辰东游三楚道上作

梦里他乡逐马蹄，黔中路尽又湘西。
江山故垒分三国，屈贾奇文动五溪。
波漾洞庭秋水阔，烟笼夏口暮云低。
书生不惮征途远，遥指瀛州望眼迷。

民国壬子一月驻军泸州登钟山

双江曲折抱城流，跃马横戈铁瓮州。
千里军行劳未止，三巴杀气黯然收。
交游厌蜀凉于水，梦寐思滇暮倚楼。
玉垒浮云多变幻，一杯消尽古今愁。

七月宿玉溪龙泉寺

层峦耸翠木参天，挂杖僧归月正悬。
泉带钟声频聒耳，警吾清夜不成眠。

七十有一初度遣怀

扫尽胡尘重九天，偏师赴难到黔川。
壮游东北辽韩际，老伏西南金碧前。
六诏云烟昏度日，三山风雨饱经年。
如何不堕昆明劫，徒学佛仙堪自怜。

丁酉（一九五七年）新春朱副主席邀座谈、置酒（选一）

青山一发是滇南，白首相逢慷慨谈。
论道经邦动天地，春醪共醉乐耽耽！

李蔚祥

1945年生，云南宣威人。《云南日报》原副总编辑、高级编辑，曾任云南省诗词学会副会长。出版有诗、词、联合集《滇乡咏胜》，诗文集《人在社会》。

登蛇山远眺昆明城

三月春风岭上行，喜从大处看昆明。
四山挽手环丰甸，一水扬波托古城。
陌畔桃花新雨湿，云边村舍晚烟横。
骋怀游目韶光好，诗赋登高半日情。

景洪泼水节

岚气蒙蒙薄雾低，黎明城里起虹霓。
忘情劲泼心先醉，得趣狂欢眼尽迷。
体态娇娆金孔雀，衣装剔透落汤鸡。
年年四月春江水，如意吉祥新话题。

张宝三

三迤风雅

（1939—2020），河北雄县人，曾任中共云南省委常委、秘书长等职务。

普洱茶

普洱茶名誉四方，一杯足使满堂香。
茶娘惜爱深情绿，剪取春光运远洋。

咏茶

◎ 一

茶乡自古出滇南，中国因之天下传。
茶道从源法门寺，而今仍是我当先。

◎ 二

为何中国远名扬，船载香茗销异邦。
健体强身古今用，清茶一饮胜良方。

景迈茶山茶园

景迈云山万亩园，春深古树逾千年。
熏风月露凝奇瑞，妪叟三杯返玉颜。

吴进仁

（1922-2014），字汝恭，安徽桐城人。音韵学家，云南大学中文系教授。著有《孟浩然诗集》。

睡起

午窗睡未足，呵欠恋匡床。
身懒疑微病，衣单觉嫩凉。
闲愁如中酒，短梦不离乡。
却憎西窗外，风蝉噪夕阳。

韩氏小园

青粉墙低曲巷深，草亭茅舍惬幽心。
晴窗竹影天然画，雨夜溪声古代琴。
方径日斜春悄悄，闲庭花落昼阴阴。
何须更向桃源去，此地栖迟足啸吟。

咏菊

瘦影年年伍草莱，秋风秋雨复相摧。
枯枝岂有参天志，傲骨原非用世材。
只傍竹篱甘落寞，不逢名士共低徊。
休将身价骄杨柳，陶令门前未汝栽。

邹硕儒

（1914-2004），云南澄江人，曾任农工职业学校、中学文史科教师，省政协对台办编辑，民革云南省委文史委员，中华诗词学会会员，著有《近体诗作法浅说》等。

滇缅公路

云岭天高易越攀，修挖公路却多难。

千山崚崒皆横断，万水涡漩少直穿。

血汗凝成磐石垫，尸魂化作沥青滩。

詹森查报罗翁赞，美比长城不一般。

注：詹森，1929 年至 1941 年任美国驻华大使。罗翁，美国第 32 任总统罗斯福。

护国门之歌

护国门开护国路，共和再造当献赋。太史碑铭传千秋，重于龙泉吟柏树。古柏虽优挺云霄，难如此门彰功比天高。消灭帝制方四载，焉容袁贼复王朝。袁贼兵多财力大，仗义滇人全无怕。纵属贫省偏南疆，敢发春雷惊天下。两檄同追汉陈琳，夺魂先碎老奸心。一道电文慑群丑，亦似龙池飞宝镡。三迤健儿忘生死，淝水之战差可比。唐统三军总全局，亲征难忘蔡罗李。推翻洪宪整乾坤，南滇正气万古存。碧血丹心照青史，斯门永系护国魂。

注：两檄，指由云龙撰拟之《云南护国军都督府讨袁檄》与李曰垓撰之《护国第一军讨袁檄》。

陈桐源

三迤风雅

（1914-1997），河南新丰人。云南省财政厅原副厅长，云南省楹联学会原会长，云南省诗词学会原副会长，云南省老干部诗词协会原副理事长。

贺昆明市当代民间画展

紫气东来万物荣，彩霞绮丽遍边城。
滇池浩渺浮银浪，乌岭巍峨孕玉英。
云淡风轻含画意，山清水秀寓诗情。
挥毫泼墨偿心志，盛世春光绕笔生。

圆通山看樱花

樱花怒放彩云妍，日照圆通郁翠烟。
南国扎根枝叶茂，春城沐雨肇基坚。
励精孕育含苞艳，蓄意存芳吐蕊鲜。
玉骨琼姿观过客，清风雅韵乐光天。

周钟岳

（1876-1955），云南剑川人，白族，字惺甫，号惺庵。1903年乡试解元，1904年公派留学日本，就读于弘文学院和早稻田大学。曾任云南军都督府首任秘书长、国民政府内政部长等职，新中国成立时任全国政协委员。著有《惺庵诗稿》等。

毕节归途见兵扰民逃惨然作此

山店烦冤劫后人，千村寥落甑生尘。
贼来尚可兵尤横①，生已无归死屡濒。
那忍疮痍看满地，孰能匍匐救凡民？
伤心万物为刍狗，天地于今岂不仁！

自注：①横，去声。

编者注：20世纪20年代，周钟岳反对唐继尧穷兵黩武，写了此诗，谴责军阀混战，不顾人民生死。

雨后斋中步月即事书怀

雨余寒月下阶除，起步庭前肺气苏。
时有歌声出金石，更无残梦落江湖。
颓云解驳山容近，积水空明竹影疏。
如此清光随处是，独怜今夜到吾庐。

闻滇中近事感赋六首之二

历朝庙算重柔怀，边徼谁知隐祸胎。

不惜画疆挥玉斧，徒闻互市弃珠崖。

喧宾榻已容人睡，引贼门方揖盗开。

机会等均权利失，廷臣犹颂白狼来。

哀渝关

锦西西去连烽烟，虏骑直逼临渝关。漆城荡荡不可上，轰天一炮夷为田。君不见，开皇筑城扼天险，胡马不敢南窥边。德威弛备卒创败，契丹刍牧营平间。古来得失足殷鉴，雄关一破无幽燕。又不见，迢迢万里长城下，今日凭谁来饮马？五百健儿同死绥，徒见城头血流赭。

大雪中过雪山关

黔行日日皆层峦，屐齿折尽愁跻攀。方拟入蜀得平旷，马首又堕巉岏岝崿之高山[1]。高山插云何巉嵲[2]，仰视峨峨万仞列。骏乌涩缩不敢照，顶上犹留太古雪。雪深十尺埋前途，寒风中人如仆姑。回鞭策马马力痡[3]，严关阻绝包鱼凫。年来沧海骄天吴，龙蛇杂沓连艟舻。安得九州尽崎岖，一夫荷戟常无虞。岂知防御别有术，恃险弛备非良图。欲起山灵试一问，几回眼见弛戈殳。戈殳销尽劫灰冷，且向山头尝玉茗。一瓯香雪话家山，颇忆吾乡玉龙影。玉龙峰势寒峥嵘，相对年年欠一登。他时缚袴上山去，冲雪猎虎吾犹能。

自注：① 巑岏：cuán wán 山峰高峻。厉岝：lì zè 山峰高大险峻。② 巀嶭：jié niè 高耸。③ 痡：pū 过度疲劳。

九日登香港太平山顶长歌

高峰拔海三千尺，游人蹑履愁攀陟。辘轳倒卷跻层巅，不待荡胸生羽翼。我来佳节当重阳，悬车直上凌高冈。凭虚一览天宇豁，西风浩浩吹衣裳。忆昔兹山是荒岛，穹岩幽谷居人少。海滨出没疍户船，日日捕鱼供一饱。自从夷舶飙驰来，芟艾荆棘披草莱。强索海湾筑渠港，更嘘蜃气成楼台。楼台突兀现弹指，他族眈眈逼处此。车轸新开九达衢，赈琛骈列五都市。亦有园林山之阿，蛮姬胡贾来婆娑。合欢促坐螺钿椅，红葡萄酌金叵罗。酒酣耳热欢声动，双双起作文身踊。襜褕乍脱舞兜离，筚篥横吹唱啰唝。廛闬扑地笙歌嚣，昔时斥卤今丰饶。白环远献西王母，毡裘大长称天骄。可怜百粤襟喉地，竟与珠崖同一弃。师入丘舆听客为，家余卧榻容人睡。及今五洲如户庭，长枪巨舰来无停。龙蛇起陆入堂奥，神州遍地污毡腥。毡腥遍地何时洗，眼见长鲸犹掉尾。登高不尽古今愁，海水苍茫万山紫。

自注：香港分上中下三环，治所称为维多利亚。

欧小牧

三迤风雅

（1913—2002），云南剑川人，白族。著名作家、诗人、古典文学研究专家。历任云南省报社及民政机关记者、编辑，云南省文联资料研究室主任，原昆明金碧诗社社长。主编《滇海求珠集》，诗词代表作《漏雨轩诗存》。

七月卅一日，苦雨终日，屋漏正当坐处

此生飘荡不堪言，七十仍居漏雨轩。
岂作城狐陪社鼠，自甘野薇对清尊。
拾遗狼狈行江汉，贞耀饥寒绝子孙。
我则斗烟书一卷，坐听点滴落瓷盆。

十月廿七日午饮，偶忆李印泉大伯，得诗一律

庚园当日谒威仪，年少曾蒙国士知。
许我诗歌今甲乙，约收宣慰旧边陲。
腾冲留饭承虚左，岘首丰碑不愧辞。
白首荒斋仍奋笔，恐将腹痛负深期。

一九八四年元月廿二日，新草《陆游传》成志喜

少年壮志出阳关，谁料终生笔砚间。
鲁将挥戈能驻日，愚公荷篑竟移山。
寒梅傲雪春将近，绿发成丝气未屡。
七十万言今脱手，沽醪市脯自开颜。

一九八四年二月廿五日移居珠玑街三三二号楼上

又携书剑离村墟，租得新庐胜旧庐。
野鸟从来愁笼养，仙人自古好楼居。
只推诸葛真名士，敢笑黄巢不丈夫。
壮志未衰身遂老，红稀绿暗近春余。

双龙寺登高

（一九二九年作，时年十七）

帽插茱萸纪岁华，登临偶过野人家。
僧闲不扫山门叶，客醉来看菊径花。
秋老一蝉吟古柏，江空数雁下平沙。
夕阳远照前村去，归路西风吹袖斜。

浣溪沙

一炷清香酒一杯，祝君无恙复无灾。炎天飞雪乍阴霾。

雨虐风横花又谢，山长水远梦还来。夕阳林外有轻雷。

鹧鸪天

少壮长饥老不穷，三间楼住翠湖东。未能杀贼羞看剑，目送飞鸿且挂弓。

书满屋，酒盈钟。近来量减眼朦胧。明知造物心肠坏，暮四朝三戏乃翁。

赵仲牧

三迤风雅

（1930-2007），云南腾冲人，著名美学家、哲人和诗人，曾任教于辽宁大学、云南大学，曾担任中华美学学会理事、西南五省区美学学会副会长、云南美学学会副会长、云南省诗词学会顾问等。著有《赵仲牧文集》。

暮春

次韵李君《惜春》

春云舒卷倚琼楼，莲叶娉婷立御沟。
空谷幽兰开自赏，天涯花雨问谁收。
情凝南国生红豆，梦断沈园垂白头。
北渚烟波迷桂棹，佳人已去失汀洲。

癸卯秋夜有感

相诉相思清夜寒，秋风秋露曲阑干。
仙槎欲渡金河冷，青鸟无踪碧落宽。
春老巴山鹃泣血，月明湘水竹含斑。
殷勤精卫空衔石，瀛海汪茫万里澜。

赵都握别

长天漠漠结层阴，大雪纷扬落满襟。
挥手遥思千里远，低眉长忆十年心。
丛台日暮寒云重，鸡塞月明积雪深。
石鼓峰前辽水畔，料应夜夜费沉吟。

述怀

百年身后任谁评，独守寒窗不论名。
牧羝亦曾临北海，种瓜何不访东陵。
秋风落木江湖阔，雪夜操琴思绪清。
几度曲终人去后，余音缭绕数峰青。

笔耕

笔耕何畏阻荆榛，独垦寒荒几十春。
观世力穷千里目，求知常许百年身。
窗收大宇星辰列，酒醒中宵情韵真。
仰望高天怀旷远，遥思沧海寄深沉。

有鸟

昔传有鸟志冲霄，除却梧桐不欲巢。
年少亦曾双足健，跃登宁让众峰高。
纵谈今古肝肠热，指点风云意气豪。
九死灵均终不悔，汨罗江畔赋离骚。

四十岁生日有感

冻原莽莽卷风湍，激起心田万顷澜。
书案流年霜月落，高林栖鸟雪枝寒。
挡车谁谓皆螳臂，论史我曾食马肝。
九死朔方何足道，子卿牧羝尚生还。

赵鹤清

三迤风雅

（1866—1954），字松泉，云南姚安人，清末举人，民国时期先后任他郎厅（今墨江县）长官、澜沧县首任县长等职。其诗、书、画、园林、篆刻誉为五绝。

观王灿芝女弟舞剑

卓绝公孙技尚传，翩然蝶戏晚风前。
迷离片片花飞处，百道寒光落九天。

十月廿四日陪王灿芝女士饮即席书赠

轻于蛱蝶艳于花，身世零丁莫怨嗟。
阿母孤忠谋国是，长兄漂泊各天涯。
葳蕤兰叶春时态，咫尺潇湘梦里家。
愿祝门墙桃李茂，满空璀璨卫吾华！

西山观海并留别同人

巍巍乎，西山之山接苍穹。荡荡乎，滇池之水望滇蒙。山峙于西，水绕其东。历虞夏商周，为梁州之域，至庄蹻略地，自称西南之藩封。西汉置郡县，夏夷乃相通。楼船习战徒劳耳，何如七擒七纵服其衷。唐设节度使，统御无术终归蒙。权奸当国战西洱，全军覆没反言功。有宋鉴及挥玉斧，终宋之世息兵戎。忽必烈氏勤远略，先从苍洱试其锋。西山脉接点苍峰，苍山既颓西山亦崩。朱明光复元氏走，梁王自沉滇池中。清初吴藩私割据，山巅水涯血花红。永历灰骨苴兰城，有明之裔告厥终。有清二百数十年，山虽黯淡海无风。今日山为滇人有，宜使山灵气吐虹。胡乃山容不加秀，水色不加浓？山名睡佛睡愈熟，水愈逆流不转篷。水徒恃其深，山徒恃其崇。水深溺愈众，山崇势愈雄。民不被其泽，虽深虽崇何以福吾躬？我将小别西山去，西山云气荡吾胸。滇池波皱鳞鳞眼，似对游子生愁容。山兮水兮朝暮见，一声骊唱嫌匆匆。乘醉题诗聊志别，留待他日归来认雪鸿。

满江红·和灿芝五月七日国耻有感

酸楚哀鸿，声遍野，无家无室。翘首望，茫茫蓝蔚，抚今追昔。大好神州干净土，英雄血流化为碧。看申江、烽火远连天，心恻恻。

力已竭，恸亦极，尚有贼，暗通日。且花天酒地，不谙眉急。输去头颅知几许，资材亦损千千奕。愿苍天、速遣圣人生，化强敌。

长相思·西湖观雨

风凄凄，雨凄凄，一抹轻烟罩白堤。人在断桥西。

白云低，墨云低，点点吴山入望迷，何处鹧鸪啼。

临江仙·金陵怀古

金粉南朝多胜迹，惟留一段台城。斜阳芳草晚来青，后湖波皱眼，看得最分明。

若许英雄都化碧，残碑断碣纵横。奔腾澎湃大江声，四时流滚滚，似作不平鸣。

踏莎行·春晓

夜雨初收，纱窗欲晓，庄生化蝶枝头绕。双双燕子语梁间，呢喃不管鸳衾恼。

花影重重，日光皎皎，一枝红杏开偏早。湘帘不卷怯春寒，案头金鸭余烟袅。

施莉侠

（1911-1993），女，云南会泽人，曾留学法国，云南第一位出国留学的女博士，云南省文史研究馆馆员。

咏菊

◎ 一

冲凉一放惊尘埃，欲品清姿待月来。
惟恐荷残天地寂，金风玉露菊花开。

◎ 二

冷香寒蕊绣荒陬，怎与桃花为匹俦？
彩蝶追春音讯杳，但凭凉艳绘清秋。

戊子荷花生日寄荷花

不嫁东风不染尘，妆成脂露月为茵。
干戈遮断人间乐，翠盖临风慰苦辛。

甲子孟春偶成

十载鹑衣浩劫深，不知春至月离心。
崇文敬老歌新政，万朵花开翰墨林。

减字木兰花

轻凉薄恨，梦向滇南惊自问。愁带颦生，一点乡思共月明。

几宵归梦，愁量离思分外重。漂泊如斯，心似秋空只自知。

沁园春

凝翠舒红，锦样螺峰，引逗幽人。把观花兴趣，清词丽句，心辉意露，带向芳尘。嘱咐杨花，飘香送艳，四化花开月作宾。干戈废，愿蟾宫突起，宇宙皆新。

东风莫散红云，且念我飞花为化身，想海棠一谢，留春性急；催诗梦暖，未记孤贫。万古才华，千秋慧业，净洗乾坤夕照曛。风骚事，与诸公细味，翰墨相亲。

青玉案·玄武湖纪游

钟山倦卧荷香荡，荡香江，声柔漾。曾苦金潮忧米浪。从军名士，福民贤相，今世非无望。

湖幽不听金元涨，追月舟中作诗匠。遮恨垂杨如翠障，穿波明月，绕人清唱，且把尘嚣葬。

自注："金潮"指宋子文内阁，"米浪"指张群内阁。

施菊轩

（1905—2002），白族，云南鹤庆人，书法家。云南省文史研究馆原馆员，云南省诗词学会原顾问。

贺云南省诗词学会成立

南诏风光今倍胜，洱河旧事岂能忘。

晨曦山色映波绿，不觉此时诗兴长。

洪炎德

1926 年生，四川宜宾人，毕业于南京大学文学院历史系。中华诗词学会会员。曾任云南省诗词学会副会长。出版个人专集《心声集》。

赞滇中两湖一河

昔疏云梦泽，今治古滇湖。

善水观沧海，深山藏绿珠。

分波鱼石界，直淌玉溪途。

生态存千古，和谐天地舒。

玉溪坝子

毓秀钟灵信不乖，郑和聂耳降生来。

三乡乐土怀多士，如此山川代有才。

南下戍边五十年感赋

儒冠掷却赴边关，风雨春秋七十三。
金马碧鸡山画染，玉溪红塔水琴弹。
疲牛夏暑无闲息，老骥冬寒不卸鞍。
还惦大同今古愿，了犹未了到明天。

王昭君

丽质王嫱艳若花，画工何物敢涂鸦。
玉颜不待昭阳殿，金佩偏临水草涯。
冬雪毡裘尝乳酪，春风驼马奏琵琶。
万年青冢留沙漠，胡汉从来是一家。

聂索

1928 年生，祖籍云南玉溪。中国作家协会、中华诗词学会会员，曾任云南省诗词学会、云南省老干部诗词协会顾问，著有《地热集》《金秋集》《北望楼杂咏》《中草药礼赞》《聂索诗选》《学诗偶记》《聂索文存》等诗文集。

文友设宴招饮

冬来喜气胜春浓，谈笑风生满屋中。
促膝谈心评宿弊，披襟露胆赞英雄。
火锅屡沸真情旺，酒盏常鸣杂念空。
各有贤妻操内政，诸公怎不更雕龙？

课堂抒怀

我来讲课你来听，一个忘形众正经。
踏地何须沿老路，观天总是叹新星。
登山索宝焉虞虎，入海求珠岂恋汀。
世纪风云胸底卷，满堂蓦地起雷霆。

高治国

（1914—1998），山西五台人。曾任云南省委副书记、云南大学党委第一书记兼校长、云南省诗词学会名誉会长。

清平乐·观踩街

风和天朗，一片繁荣象。不倡文明难转向，遥看军民飒爽。

广场人海喧腾，龙狮蚌蛤纷陈。笑语欢歌漫步，蕴藏干劲如春。

唐玉书

三迤风雅

（1919—2007），云南昆明人，笔名埂石、艺痴、荒侣。西南联大经济系毕业，中华诗词学会会员、云南省诗词学会会员、云南省书法家协会会员。曾任云南省南社研究会顾问。

竹

生机漫衍傲凌冬，凤尾姗姗道劲风。
个字平安相乐报，修姿清雅独幽通。
虚心节节窥怀度，理趣超超出绿丛。
不以霜侵还雪轧，明春看好更青葱。

八十抒怀

菁英擢引上琼阶，绰约殊姿错落开。
天宝物华原是瑞，浑金璞玉亦非才。
随园情趣欣欣见，柳絮吟章蒻蒻来。
漫诩识途声得得，侵侵后浪逐空排。

大观楼

乾坤日夜漫长浮，云梦楼台岁月悠。
吴楚南音虽婉约，柘枝蛮舞亦轻柔。
汉唐文采相渗透，蒙段风光尤淹留。
莫诧江南山水好，神州独秀咏斯楼。

一剪梅·贺云南省诗词学会成立

一代才人盛世潮，寰宇相招，趋步臻调。遥追唐宋喜今朝。延了宗祧，播了诗骚。

流火炎炎七月骄。心志如烧，情趣如韶。南方璀璨逐云霄。星域飘飘，咏域迢迢。

墨歌再度为淳法上人作

上人重文房，四宝一珍藏。胡开文制品，佳墨有十方。古玩存逸韵，恬淡从乐康。禅机内潜性，文采外抒张。远古书翰事，墨始甲骨彰。墨者黑也义，黛石煤炭行。民间入药剂，镇风解青囊。残酷黥面史，汉宋刑律戕。千阳产隃糜，易水螯声扬。《述古书法纂》，肇造邢夷详。时远前推溯，早在周宣王。递代嬗变迹，临池盛辉煌。唐代松烟主，松滋侯令望。墨精呼万岁，隆基趣有唐。垂后用材油，五百斤称量。九州别异彩，南北两殊强。宋元明清继，艺圃同流芳。湖笔徽墨誉，书画楮上匡。笔墨纸砚具，炫耀神州光。东方文化象，永恒现明昌。上人前属意，《墨歌》遗大荒。今承重命应，泯前续后章。因缘法相里，缘也其允臧。个中寓契趣，此缘不寻常。

徐嘉瑞

三迤风雅

（1895—1977），字梦麟，白族，云南昆明人。著名文史学家、诗人、民间文艺学家、教授。执教于云南大学，新中国成立后，任云南省教育厅厅长、省文联主席等职。著有《金元戏曲方言考》《近古文学概论》等。

题担当

守此寒香重此身，一尊常满未为贫。
不知黄菊经霜后，今在东篱有几人！

松山吟（选二首）

◎ 一

谁言忠骨已成灰，大好河山血换回。
只有英魂长不灭，红花偏向战场开。

◎ 二

满山骸骨尚纵横，又见桃花含笑迎。
劫后荒村无片瓦，且将青犊理春耕。

赠友

慷慨时危恨死迟，玄黄又见野横尸。

危巢却任纤丝挂，大厦谁将一木支！

岁月催人宁有待，中原归马恐无时。

片言君已匡沉陆，齐帝秦王任尔为。

和泽承兄招游圣源寺
七律韵兼呈之棠

结伴来游鹤与俱，开元年号建浮屠。

天骄赞普①今何在？日落崦嵫势已孤。②

洪水消沉留壁画，③丰碑诘屈满尘涂。④

书生挟策终无济，万里云山一腐儒。

自注：①赞普，指阁罗凤（阁罗凤即唐代南诏王）。

②时闻收复南宁。

③寺门刻大士收罗刹图，共二十余扇，均有图说。

④寺有明杨黼撰民家话碑，语多诘屈，乃古民家话也。

梅绍农

三迤风雅

（1903-1992），云南禄劝人，原名宗黄，号南村，笔名梅逸，晚年自称白沙老人。曾任禄劝县政协主席、云南省诗词学会顾问、金碧诗社社长。著有《梅绍农诗词选》。

口占二绝赠施莉侠同志

◎ 一

漱玉才华自可珍，千秋慧业见精神。

思君爱煞荷花句，不嫁东风不染尘。

◎ 二

归从沧海忆前游，入岫闲云水上鸥。

广厦千间归不得，为君感慨为君愁。

喜晤子华君成七律一首赠之

幽燕吴楚倦风尘，湖海归来物外身。

杯酒犹存新锐气，豪吟不改旧风神。

惊呼不禁悲兼喜，历史难言假与真。

花未落时春尚在，且抛心力作诗人。

贺新郎·题红杏书屋吟草

　　红杏枝头闹。醉春风，湖滨邂逅，顿成交好。风雨同窗师卧雪，东陆堂中佼佼。会泽院，几多欢笑。太保钟灵添秀气，料当初，头角峥嵘草。襟怀旷，滇池小。

　　逋仙暂别孤山道。奋雄飞，温泉濯足，石城抒啸。一去十年怜宦迹，赢得半生诗稿。笔力劲，千军横扫。岭上苍松云际鹤，集华章，珍重付梨枣。歌盛世，留瑰宝。

傅光宇

三迤风雅

（1934—2001），四川郫县（今郫都）人。云南大学中文系教授，云南省诗词学会原常务理事。

勐腊李定国墓

大厦将倾日，中流砥柱欹。

但求能定国，岂计力难支。

缅甸风云骤，南天羽檄驰。

江山留胜迹，凭吊夕阳迟。

思茅梅子湖

十里长湖一鉴开，游人如织任徘徊。

不时雁字随岚隐，几度梅香入梦来。

整控江摩崖

整控江边古驿头，岿然怪石卧荒陬。

革囊一渡题摩后，赢得声名遍九州。

漫兴呈竹叟

饱经忧患觉寻常，惯把他乡作故乡。

修竹数竿时徙倚，京音一曲任宫商。

挥毫泼墨天成趣，丽句清词快意觞。

漫赏黄花遗雅韵，却看苍莽送斜阳。

蔡川右

三迤风雅

（1938—2008），福建龙海人。云南民族大学教授，云南省诗词学会原副会长。曾为陈述元、马曜、赵式铭、王灿等诗人的诗集作注释。发表有关诗词的论文30多篇，赏析文章60多篇。

白山茶花

不嫁东风也焕新，花园玉立岂骄矜。
乱头入世怀清雪，素面朝天视白云。
洁比霜中二春月，淡如星外一秋心。
并非自炫轻浓抹，本色犹能说到今。

游安宁曹溪寺

琐事缠身却振衣，息心枉自问曹溪。
识途难免尘寰累，恋栈须防病骨欺。
岂悟螳川一滴水，谁争石室半盘棋。
方开即谢昙华树，几望浮云几忘机。

谭锋

（1915—1997），又名久思，湖南长沙人。云南省诗词学会原顾问，省文史研究馆馆员。

旅途口占

◎ 一

现实人生好自持，邯郸旅梦是无知。
行云流水沧桑变，都似乾坤一卷诗。

◎ 二

山烟吞吐湿云生，疑是元晖画里行。
下笔忽惊风雨骤，银河飞落作涛声。

薛波

三迤风雅

（1916—2003），山西曲沃人。中共云南省委宣传部原副部长、云南日报社原社长。中华诗词学会原理事，云南省诗词学会原常务副会长，云南省老干部诗词协会原理事长。云南省诗词学会创始人之一。

游黄泥河水库"小三峡"

高山幽谷嵌明珠，双象雄狮景色殊。
一线三峡连二省，轻舟荡漾绕长湖。

魏书祝

三迤风雅

（1942—2007），字庆来，号竹庵，晚岁自署竹叟，祖籍湖南衡阳，民盟成员。中华诗词学会会员，云南省楹联学会原副会长。著有《竹庵丛稿》一卷。

丙申三月留别京华好友

三载京华客，痴顽属典型。

风生人不觉，棒喝梦初醒。

近墨难辞黑，观鱼易惹腥。

南池春水皱，离合感飘萍。

辛巳暑假读《岳传》有感

直捣黄龙志壮哉，偏安弱帝忌雄才。

纵教铁骑三千勇，无奈金牌十二催。

大树飘零云气黯，长河咆哮哭声哀。

铜驼荆棘空遗恨，风雨西泠响巨雷。

相见欢·海滨遇旧

海滨何幸重逢，诉离衷，犹记冰弦送别小楼东。

年少事，空追忆，感飘蓬。忍见桃花零落我成翁。

临江仙·游晋宁盘龙寺

海上波澜壮阔，山间松柏萧森。云开雨霁一登临，疏钟惊幻梦，梵唱涤尘襟。

扫叶烹茶对话，拈花觅句联吟。老僧为我抚清琴，月光明似水，悟彻去来今。

蝶恋花·江南行

姹紫嫣红春正好，三月烟花，烂漫江南道。柳岸乍闻莺骂俏，白头游子归来了。

惭愧人前遮破帽，衣上征尘，尽是新诗料。醉倚江楼难定稿，酒醒不觉东方晓。

满庭芳·赞徐州

南接清淮，北连泰岱，彭城自古雄强。山川险峻，锁钥控东疆。追溯尧封斯土，莽苍苍，阅尽兴亡。红旗举，鏖兵徐蚌，乘胜过长江。

高台曾试马，龙腾云海，鹤浴陂塘。有红杏千林，点染湖光。觅醉黄茅岗上，羡苏髯，以石为床。待明日，登楼眺远，燕子舞双双。

雨霖铃·悼俞振飞大师

箫声凄切，对黄昏雨，掩袖呜咽。春江旧事如梦，精心顾曲，秋贤雅集。一旦振衣羽化，竟从此长别。思渺渺遥望云天，檀板空敲泪盈睫。

才高自古多磨折。没来由、向晚蒙冤屈。那堪画阁惊变，埋玉处、杜鹃啼血。雨过还晴，重把氍毹绝艺评说。漫写下、遗稿缤纷，万世飘香雪。

马玉兰

三迤风雅

女，回族，云南昭通人，昭通市诗词学会理事，昭阳区文体局局长。作品选入《云南女子诗词选》。

咏梅

游人别笑自孤芳，铁骨何时畏冷凉？
不与百花争宠艳，却朝寒处吐清香。

马仲伟

三迤风雅

1947年生，回族。云南民族大学客座教授，昆明老年大学诗词、书法教师。著有《鱼麓山诗稿》《诗词写作技法》《马仲伟书法集》等。

大理行

好朋相聚又佳期，同把心朝好景移。

何处幽馨花气爽，洱滨洁净晚风宜。

远离烦恼三千界，忽过烟云四五溪。

步步犹如春梦里，归来惜洗麝香衣。

题书房

到耳秋声一笑休，胸怀明月任优游。

香随花影临书案，风遣溪声绕画楼。

莫让冰心思得失，还珍好梦泯恩仇。

诗情难禁如春水，风雨人生尽笔头。

闲居

绿竹数枝种水边，安居处是小桃源。
座无俗客书盈架，壶有佳醪香满筵。
长遣襟怀追逝梦，更耽风雨赋流年。
窗前久倚因何物，爱看行云万里天。

金平勐拉

东风自是爱山坳，万里湖光任剪刀。
细雨长临青草地，鲜花不下绿枝条。
桌前初熟新春米，田里又青二季苗。
米酒三杯金竹店，销魂最是傣家谣。

咏荷

青池渌水育娇痴，粉面靓妆不自持。
得宠玉环初浴后，怀春飞燕正痴时。
销魂何必花千朵，夺魄当须此一枝。
梦里尊前频辗转，只缘无计诉相思。

马君武

回族，云南巍山人，曾任泸水县（今泸水市）教师进修学校校长、怒江师范高级讲师。中华诗词学会会员。

登大观楼

选胜登临一大观，名联咏史颂河山。

介庵墨宝传神韵，典雅雄奇笔似椽。

马昆华

三迤风雅

女，回族，云南昆明人。中华诗词学会少数民族诗词工作委员会副秘书长，云南省诗词学会副会长，云南毛泽东诗词研究会副会长，《滇联》执行主编。有诗联作品镌挂于云南省内景区景点、文化场所。

庚子春末，送编选稿经翠湖。闻此片区有新规划，学会或将搬离，感赋一律

剔抉爬罗昨聚萤，天河夜转梦还醒。
应惭汲古乏修绠，谁共抚今追茂龄？
携卷迁经竹林岛，撷芳遥对海心亭。
空春有疫鱼龙寂，向午无人草木青。
一镜光摇惊弱絮，众泉波动乱浮萍。
微茫旧事隔烟树，断续吟思越石屏。
白鹭当风方翙翙，蓝花照水亦婷婷。
荷塘自是牵情处，临去依依雨又溟。

彩云曲

吾乡有彩云焉。南滇散人杨德云先生访诸苍山洱海之间，得诸大理古城上空，以歌记之。

七彩云霞幻仙姿，汉家天使曾见之。回奏武皇说如此，武皇颔首暗沉思。昨夜梦中彩云现，将烟携雾即还离。恍惚相招起随去，神游万里归路迷。群臣闻此各吁吁，东方滑稽亦称奇。麒麟阁上朝日暖，南疆幽谷云起时。云起云飞紫复蓝，占卜呈祥朝宴酣。百姓欢腾天子悦，从兹治郡彩云南。

彩云千载经幻化，云南郡县几变迁？祥云城内风细细，蝴蝶泉畔水涓涓。吾辈日居彩云都，未识彩云真面目。闻此传说笑置之，不信人间有此物。人间别有多情客，云山曾睹云霞容。云霞生处多绝境，跨水翻山再度逢。人解灵通云解舞，殷勤邀入镜头中。载归电台飨观众，观众啧声叹天工。

君不见，霓为衣风为马，云之君纷纷下。色斑斓兮仙葩，忽明灭兮流霞。仿佛姮娥舒广袖，依稀织女散轻纱。轻纱缥缈春山暖，长袖娉婷秋水寒。秋水盈盈若可掬，春愁黯黯意难安。霓裳一曲歌寂寂，绿淡红消蝶梦阑。若非此日荧屏见，安得奇缘遇大观？

噫吁嚱！彩云归处人莫诣，一片氤氲渺天际。日出深山夜幽栖，昙花一现飘然逝。飘然偶入天子梦，回雪流风劳忆思。别梦依依难再期，千古谁人初见伊？征之典籍心神会，始信古人不余欺。为君更唱彩云曲，红霞万朵百重衣。

浣溪沙·戊戌诗歌节邀春城小百花越剧团黑龙潭演出有作

甘澍灵泉润百花，龙宫歌榭绽妍华，曲腔身段尽堪夸。

水袖波如滇海水，纱衫褶胜越溪纱，轻雷远趁鼓三挝。

喝火令·布朗山乡

涧水疏烟散，重峦薄雾遮。白云生处有人家。叶笛数声窗下，织锦入桐华。

雨后禽音脆，风前稻浪斜。火边陶罐烤新茶。最喜葫芦，最喜插山花。最喜打歌欢舞，古木正抽芽。

八声甘州·红山茶

念先君最爱此花红，儿辈趣攸同。是崖山云树，苍岩霞朵，峡谷幽丛。照殿名传今古，缥缈有孤峰。独得高标格，大度雍容。

当日前营后院，向阑干疏处，碧叶重重。认滇中佳种，明丽曜秋冬。似曾经、踏青鸣凤，又移来、笑靥接春风。频回首，正斜阳下，吐艳燃空。

马国庆

三迤风雅

昆明人，中华诗词学会会员，云南金碧诗社社长，著有诗词集《春草集》《秋水集》。2016年荣获"云南诗词贡献奖"。

端午

梅雨降清暑，浣花天渐长。

门旁悬艾草，池内沐兰汤。

酒浊金卮满，盘盛角黍香。

龙舟争竞渡，千载吊潇湘。

谒杜公祠

古树堂前蔽日荫，杜陵故地落花深。

心香一瓣虔诚祝，传世诗篇四海钦。

满江红·参观唐继尧故居感赋

离却春城，偕诗友、驱车会泽。任凭他、寒风凛冽，直奔唐宅。静看蓂赓英武像，详询东陆联珠集。细观瞻、有院落三层，新修毕。

起重九，反清室。兴护国，惩复辟。挽河山破碎，神州合璧。征战滇黔驰骏马，纵横南北飞鸣镝。到如今、唯以礼河清，钟山碧。

风流子·赋金碧诗社重阳雅会

诗友会重阳，涛笺展，挥笔赋华章。看金风飒爽，吹皱南浦，黄花疏淡，摇曳东墙。小窗外、半塘荷弄影，满院桂飘香。宿雨乍停，流云轻渡，蝉声催暑，蛩韵吟霜。

往事莫思量，遍神州大地，鹏矗龙骧。青鸟频传喜信，百制更张。叹千秋功罪，谁人评说？一时豪杰，多少兴亡！篱下一枝呈秀，独占群芳。

注：是年出现荷、桂竞相开放的奇观。

马俊莲

三迤风雅

女，回族，笔名秋思，云南个旧人，中华诗词学会会员，云南省诗词学会会员，个旧市诗词学会常务理事。清代著名书法家、诗人马汝为之后。

鹧鸪天·忆

曾是青梅同砚窗，绿烟柳岸付疏狂。只将相守陪天老，不许分离比夜长。

今何处，话凄凉。人间天上两茫茫。良辰美景翻成恨，归路迢迢梦一场。

鹧鸪天·春怀

静待东风蕊放迟，为谁先绽一娇枝。春心何惧冰天冷，晓梦偏牵雪地痴。

情已寄，意无依。愁风恨雨总严欺。何时夜枕庄周蝶，满树繁花且共之。

马钰佳

三迤风雅

　　1960 年生，哈尼族，云南墨江人，曾任墨江县文联《回归》杂志特约编辑。云南省诗词学会会员，普洱市诗词楹联协会理事，墨江县诗词协会副会长。有诗作入选《诗颂新中国 70 华诞》。

墨江太阳广场（新韵）

墨江城内中心地，四射金光塑太阳。

地理天文宾客醉，奇花异树鸟蝶狂。

垂髫黄发舞才悦，下里阳春歌又昂。

弹唱吹拉夸技艺，清风月下震天扬。

马培祥

1954 年 4 月生于重庆市石柱县，土家族，转业军人，中华诗词学会理事，云南省诗词学会副会长，著有《巴云楼诗稿》。

山行

千回万曲路云端，雾海浮沉意未寒。
迟暮迎霞身近日，风歌木舞九重看。

忆家乡

远别家乡无限愁，花开月夜上重楼。
长安北守为天下，料想江南稻谷收。

读董嘉樾先生烙画七贤图

魏晋玄风世所依，高谈浅论润心机。
闲来竹下开新语，渭水功名自古稀。

盘龙江杂咏

城中一线水清流，秀木扬春伴客游。
往日遗羞今不见，花香两岸尽情收。

登鹤庆云鹤楼

城中独立比南山，雪映人家不觉寒。
举目纵然天去远，闲云伴我倚栏杆。

马超华

1950年生，云南省诗词学会理事，云南省楹联学会常务理事，楚雄市诗词楹联学会主席，楚雄市书法协会原代主席，楚雄州老年书画诗词协会理事，市老年大学教师，《楚雄诗词》主编，著有《超华诗词选》。

浪淘沙·抗疫精英

时代造英雄，尽展雄风，身经恶战疫魔攻。危急关头齐上阵，镇定从容。

逆境向前冲，浩气长空。舍生救死铸丰功，献出青春家国保，报国精忠。

马福民

1937年生，回族，中华诗词学会会员，中国楹联学会会员，云南省作协会员，大理州书法家协会主席，原大理诗社副社长兼秘书长，著有《大理吟》《马福民诗词书法作品集》《披风泼墨·马福民书法诗词集》等。

念故乡

丝绸古道漫轻芬，漾水欢歌两岸春。
深巷骑牛横笛乐，旧居浮爱老娘亲。
祖孙世代清真第，家教德贤邻里尊。
留取春风花叶茂，青松翠竹岁寒熏。

虞美人·勐龙风情

勐龙处处花开早，日丽风光好。芭蕉椰果竞芳菲，边寨丛林万朵彩霞飞。

竹楼幽径婵娟现，惊异谁争艳。柔情脉脉傣姑心，最喜丢包泼水觅知音。

王晓

1935 年生，原名王学仕，云南通海人，墨江县委原调研员，云南省诗词学会会员。曾任普洱市诗联协会理事，著有《王晓诗文选》。

哈尼山寨农家乐

阳春无处不飞花，云雾山中笑语哗。
饥煮土锅香米饭，渴烧瓦罐烂炸茶。
猜拳行令频斟酒，剥蒜舂姜凉拌瓜。
卖得鱼蔬欢度日，一弯新月照农家。

王云红

三迤风雅

云南楚雄人，中华诗词学会会员，云南省诗词学会会员，楚雄州作家协会会员。作品发表在《中华辞赋》《云南诗词》《金沙江文艺》《山东诗歌》《长江诗歌》《楚雄文艺》等报刊杂志。

青山湖漫兴

群壑连沟谷，清波一带湾。

鸥来栖绿屿，莺语响青山。

松韵风声远，月明泉水潺。

行吟且长啸，即此羡君闲。

冬夜

荷枯菊老风清瘦，一点灯花半月轮。

更有薄凉生弱水，梅香一缕做芳邻。

秋吟

一曲清波绿小池，数枝桂菊弄幽姿。

长堤静坐飘香稻，远岫徐行折露葵。

邀月伴星常巧笑，放歌击节有诗痴。

荻花飞舞迷人眼，恰是红枫得意时。

王少锋

1965 年生，籍贯河南，退伍军人，云南大学研究生学历 MBA，曾供职于中国银行云南省分行，广发银行昆明分行等。

述志

久驻边防梦故乡，柔肠风雨变刚肠。

男儿惯看山河壮，卫士岂容魔鬼狂。

投笔原应延国祚，聚财全在富家邦。

鬓虽渐白初心在，本色风华自闪光。

王文灿

云南泸西人，中华诗词学会会员，云南省诗词学会理事，普洱市老年书画诗词协会会长，《老年诗刊》主编。著有《岁月留痕》《捡来的珍珠》《静远楼诗草》等。

糯扎渡即景

高峡出平湖，眼前风景殊。

青山红叶衬，碧水白云浮。

银线连天隐，飞流动地呼。

今来凝视久，难认渡头初。

注：糯扎是个拉祜人名，他创建了渡口，他的名字便成了渡口名。此地2014年建成糯扎渡水电站。

登黄鹤楼

三十余年一晃悠，芳华褪尽再登楼。

遥观江汉争雄气，俯仰蛇山赏晚秋。

高厦林林遮望眼，车流滚滚漫桥头。

老当益壮添情趣，锦绣风光随意收。

王永康

三迤风雅

1949 年生于云南永德县，中华诗词学会会员，云南省诗词学会会员，云南省南社研究会理事，临沧市诗词协会副会长。

永德一中高七班同学聚会（新韵）

五秩春秋重聚首，古稀翁妪泪花流。
人生似梦催人老，岁月如歌话晚秋。
今日相逢心意满，明天回味笑声悠。
坚持保养多珍重，只盼耄耋再度游。

王再国

1941年生，四川简阳人，转业军人，云南省诗词学会会员，曾供职于云南省烟草专卖局、云南省百货公司等。

鹧鸪天·杨善洲

奋斗艰辛十几年，日新月异变山颜。风香云丽看蜂舞，水秀山青听鸟言。

娇似画，美如仙，莫非蓬岛降云滇。每当漫步林荫下，遥望西天立怆然。

王光明

1946 年 8 月生，贵州金沙人。中国楹联学会顾问，云南省老干部诗词协会顾问，云南省楹联学会名誉会长。著有《磊落斋丛稿》。

踏莎行·军旅情

◎ 一

戍务缠身，军规束步，忙中又把佳期误。虽然耻做薄情郎，无心却把真心负。

不必多言，毋庸细诉，谁都有个为难处。两情若是久长时，何须计较朝和暮。

◎ 二

倦鸟归林，征人入屋，阖家老幼皆忙碌。妻呈热帕妹端茶，娘烧饭菜充饥腹。

看毕三姑，拜完六叔，夫妻共剪西窗烛。更深不觉夜风寒，绵绵直至东方旭。

◎ 三

旧梦方温，归期促足，征人复踏边关路。娇妻送别到长亭，摩肩互把心声诉。

反复叮咛，再三嘱咐，前程莫被柔情误。家中自有我操持，郎君不必牵肠肚。

王劲松

三迤风雅

1969 年生，云南昆明人，云南财经大学毕业，经济学学士，春城晚报记者，云南省诗词学会常务理事，云南省楹联学会会长，《滇联》主编。

访摩梭人家

云山万里途，雁阵下泸沽。
景色难描画，风情自异殊。
满斟苏里玛，沉醉女儿湖。
何必问阿夏，归期到也无？

登长城

几度烽烟几度霞，长城万里佑中华。
而今莫道核威慑，四海安危共一家。

游世博园

万朵千枝都是花，园中美景灿如霞。
诗情化作蝶飞起，曼舞春风意甚佳。

松鹤寺

西望宣威上九垓，钟声云外法门开。
青山不老松长在，绿水无忧鹤自来。

青玉案·翠湖

　　春城处处风光好，最难忘，是春早。十里花街何用扫。满城杨柳，一汀芳草，湖上飞鸥鸟。

　　解囊相赠人欢笑，玉影翩跹舞姿妙。兰桨轻摇行桂棹。佳期常愿，韶华年少，岁岁如期到。

王洪君

三迤风雅

　　1944年生，安徽无为人，曾供职于玉溪市文物管理所。中华诗词学会会员，中国楹联学会会员，云南省诗词学会会员，云南省楹联学会会员，玉溪市老干部诗书画协会理事长。

赞孔祥庚

公仆诗心贵，披星戴月吟。
霞光流淌处，七彩有云根。

悼唐淮源

别妻辞母返中条，喋血沙场染战袍。
马革裹尸魂不散，怒看神社祭倭妖。

王正良

苗族，文山州诗词楹联学会副会长，广南县作家协会会员。

广南世外桃源

年少拜读隐世篇，自疑陶令梦情编。

同耕眼眺九畦地，共享山环一片天。

流水弧桥招墨客，桃花飞鸟醉神仙。

人间美景非虚幻，真慕广南现此园。

王惠琼

三迤风雅

笔名霓为衣，高级教师，云南省作家协会会员、云南省红楼梦学会会员。作品散见于《云南诗词》《内蒙古日报》《新疆文艺界》《曲靖日报》《珠江源》等。

时代楷模张桂梅

扎进深山心地宽，辛勤播种半生安。

寒梅冷绽东风暖，桂子芬芳万里丹。

木霁弘

三迤风雅

1961 年生于昆明，纳西族，云南大学中文系教授，曾任云南省诗词学会秘书长。著有《滇藏川大三角揭秘》等 21 部作品。

金沙江行舟

壮胆凭酤酒，轻舟逆大江。
水击弄清淼，落日打歌狂。

文思

天地文章本自情，十觞美酿忘常形。
浮云絮雨词源涌，李杜长歌水倒行。

太富华

三迤风雅

1948 年生，云南陆良人，教师，云南省诗词学会会员，曲靖市老年书画诗词协会会员。

咏鹅（新韵）

浮在青湖面，游于绿水河。

划开千道浪，搅碎万重波。

摊破浣溪沙·庆丰收（新韵）

穹顶蓝蓝吊玉钩，明星照亮万家楼，盛世平安今又是，看风流。

山寨歌声飞起处，农家月夜庆丰收。自导自编歌舞美，醉何休。

牛能

彝族，云南富源人，社会工作师，现供职于云南省民政厅。

致敬周总理

浮槎命世雄，盗火九州红。

敫赞调羹艺，民推吐哺功。

精魂融碧海，雨露满苍穹。

常有鱼龙舞，何须碣石丰！

游莲花池感陈圆圆事

强梁谁惜笼中莺，丽质难禁是恶名。

向晚一池春水皱，塔铃也作不平鸣。

菩萨蛮·出差蒙自途中闻父亲抱恙

公车渺渺斜阳里，罡风猎猎沿窗起。云下是谁家，一丛石斛花。

望中无尽路，暗逐松涛去。江白鸟孤飞，空巢犹未归。

注：石斛花，花语是秉性刚强、祥和可亲的父爱。

毛成武

三迤风雅

1967年生，云南昭通人，中国太平洋人寿保险股份有限公司昭通中心支公司总经理。昭通市诗词学会常务理事。

乡村道上

朝露沐春花，田园笼碧纱。

青山遮远目，溪水接农家。

毛祁平

1983年生，彝族，云南大姚人，笔名哲归来，云南省诗词学会理事，云南省楹联学会会员。高级工程师。现就职于云南省能源投资集团新能源公司。

西江月·弥勒可邑小镇

可邑清风唢呐，密林栈道幽吧。相思桥外几枝花，雀鸟呼晴山下。

二百年椿人诧，一童趣画涂鸦。踏歌跳月醉舞家。献翠环峰秀甲。

临江仙·母亲节蜻蛉忆旧

立夏熏风追小满，农家抢种繁忙。丰收菜麦又移秧。幼时安富梦，今日谱诗乡。

坡下大瓜清白绿，园中多杏酸黄。孩童嬉戏小渠旁。田间挥汗热，桌上酒飘香。

毛足兴

1947 年生，湖南岳阳人，高级政工师。曾任云南电网公司政治工作部主任等职务，云南电力诗词学会常务副会长。

沁园春·中国共产党诞生 100 周年（新韵）

碧水红船，帜舞锤镰，立誓初心。看神州大地，三山压顶；乌云蔽日，天地昏沉。民不聊生，疮痍满目，国弱贫穷遭入侵。寻新策，欲雄狮惊醒，霹雳千钧。

征途指引南针，奋英勇顽强百万军。历多年苦战，五星旗展；中华崛起，威震乾坤。国富民殷，捉鳖揽月，告慰九泉英烈魂。新时代，瞩复兴华夏，永葆青春。

水调歌头·抗洪救灾

才扫毒魔焰，又抗水神威。狂风暴雨惊雷，洪泛破堤圩。摇荡长空千尺，搅动深渊万里，汹涌势何微。稻菽浪淘去，村宅尽遭摧。

军民勇，旌旗舞，挽时危。成城众志，踏波填溃筑坚堤。安置转移施救，昼夜严防死守，力保庶民绥。晴日驱阴雾，大地沐新晖。

文元有

1934 年生，云南通海人，曾任通海县委书记，玉溪地委副书记、政协工委主任等职。中国楹联学会顾问，云南省楹联学会名誉会长。

咏通海县

南疆小镇满街芳，秀水明山孕吉祥。
古柏香飞迷殿阁，洞经乐起醉宫商。
风情淳厚流光远，蔬果珍奇美誉扬。
银器琳琅驰四海，一盅米酒品琼浆。

庆祝建党一百周年

锤镰引领打江山，解放翻身万世安。
赤帜高擎开富路，愚公奋力闯难关。
谋篇共绘宏图画，携手同浇锦绣园。
从此甩开穷困帽，齐心迈向小康天。

文清风

三迤风雅

1967年生，字白廉，湖南永州人，云南西盟县文联原主席，云南省诗词学会副会长、秘书长，《云南诗词》编辑，作品散见于《诗刊》《中华诗词》等，著有诗集《佤山放歌》《梦里追云》《天边读月》。

山居

窗暗山泉响，林深野鸟鸣。

常吟诗句睡，偶见白云生。

约友棋中走，邀朋网上行。

百年图自在，何必累功名！

读月楼明道

虫鸣林暗任徘徊，厌世伤时悔不该。

几点星光涂塞野，一潭碧水望阳台。

窗含四季佤山翠，雾锁三秋云海来。

天地文章谁读透？知常明道渐心开。

习总书记主持召开文艺工作座谈会

文艺芳菲遇艳阳，百花齐放满园香。

扫除颓废明方向，温润心灵著妙章。

七二贤人真雅士，一番谈话不寻常！

延安圣火精神在，扬我风帆越宋唐！

破阵子·谁信我能

　　梦里追云读月，天边守候西盟。四季鲜花蜂蝶
舞，万物峥嵘鸟涧鸣。铿锵木鼓声。

　　播撒边疆种子，求谋做事难成。满腹经纶家国
计，半百光阴心洞明。可怜说我能！

尹凤春

三迤风雅

女，白族，云南大理人。中华诗词学会会员，云南省诗词学会理事，云南省南社研究会常务理事，春蚕诗社副社长。著有诗词集《心乡细雨》，入围中华诗词学会第六届、第七届华夏诗词奖。

故乡大理行吟

文化钟灵地，花开千万家。

银苍披瑞雪，玉洱听鸣蛙。

田里麦梳豆，水中鱼戏虾。

村居平野阔，海月更清嘉。

呈贡斗南花市

东方鱼肚露晨光，此地已成花海洋。

百合山茶风信子，杜鹃月季夜来香。

人潮涌动画屏走，马达轰鸣空运忙。

小镇扬名花给力，远飞海外吐芬芳。

鹧鸪天·牛栏江引水净化滇池

汩汩清流穿过城，奔腾百里异乡行。北悬瀑布添风景，南入滇池洗秽腥。

神手笔，绿工程，治污换水水澄清。美人沉睡千年醒，醉卧新床喜又惊。

清平乐·沧桑巨变独龙乡

雪山峡谷，原始刀耕族。缺食少衣栖陋屋，闭塞蛮荒瞩目。

春风雨露阳光，关怀遥送边疆。新路新居新业，独龙喜步康庄。

孔洁

　　彝族，云南开远人，笔名雨茉。中华诗词学会会员，云南省诗词学会会员，昆明市书法家协会会员。昆明市春萌诗社社员。

莲

田田八九叶，一朵曳池塘。

轻露滋生趣，微风遣暗香。

碧幽消酷暑，红粉藉清凉。

常恐秋将至，凋零独自殇。

拾花

一夜疏风雨未浓，晨来草色有无中。

多情唯有拾花者，犹怕春泥葬落红。

孔毓森

三迤风雅

1942 年生，笔名兰翁，中华诗词学会会员，云南省诗词学会会员，大理州诗书画协会会员，大理上关花诗联书画协会会员。著有《兰轩诗稿》。

沁园春·洱海公园

十九峰斜，十八溪醲，注玉洱盅。晃琼浆玉液，婵娟绰约，珠帘倒卷，乱颤芙蓉。巧扮团山①，海支铜镜，淡抹烟霞十万松。呦呦鹿②，唤沧桑巨变，人世匆匆。

旧携儿女园中，惜菜色爹娘褴褛童。叹白驹过隙，儿成老爸；复携儿女，自驾兜风。君看满园，平民百姓，人舞东风车舞龙。凭栏处，上青天白鹭，飞越新空。

注：①团山，洱海公园所在地。
②呦呦鹿，团山在古代曾是皇家鹿苑。

邓惠

1950年生，云南大理人，曾供职于云南省林业厅。云南省诗词学会副秘书长。

马尔代夫太阳岛水屋

碧浪轻托水韵屋，廊桥迎客紫藤舒。

临窗卧榻听潮涌，环景凉台看日浮。

外栈凌波观玉贝，内阶入海绕珊瑚。

大洋一抹流霞染，天赐人间璀璨珠。

漾濞云龙桥

腾起云龙镇漾江，西南名驿走行商。

惊涛铁索雄风劲，边寨铜铃古韵长。

树下彝翁聊趣事，桥头马厩养肥羊。

联疆跨境新丝路，不尽车流向远方。

艾祖斌

云南镇雄人，笔名艾国斌，现任昭通市政协文化文史和学习委副主任，三级调研员。中华诗词学会会员，云南省诗词学会常务理事，昭通市诗词学会会长。

云师大中文系 1984 级甲班同学 30 年聚会

弹指光阴三十年，同窗久隔万重山。

亦曾梦里校园聚，渐少音书鸿雁传。

各奔前程听运命，历经磨难享欣欢。

萍踪浪影偶相会，莫恨匆匆别怅然。

鹧鸪天·乐居镇中河初夏

洋芋银花缀绿裙，大葱连片碧氤氲。农民巧手栽秧快，百鸟轻飞雅唱频。

铺锦绣，织彩云。人间胜景在乡村。柔风细雨禾苗润，醉赏郊原物候新。

一剪梅·仲夏

晌午河堤漫步行，几簇榴红，一片柳青。白云自在逛蓝天，树下乘凉，叶底闻莺。

倏见爷孙憩小亭，淘气儿童，笑语铃铃。熏风暑日爽昭城，别样清幽，少许闲情。

石鹏飞

上海人，云南大学教授，云南省诗词学会常务副会长，昆明市文史馆馆员。著有《诗经情诗摇滚》《杞庐说诗》等著作。

忆七七年参加高考

赴考忆其日，小舟过碧滩。

九年铩羽翼，一旦翥江天。

倚马文章就，逐波悲喜翻。

龙门从此去，长揖邓公贤。

注：在农场赴考，须乘小舟渡过澜沧江。

题小湾大坝

一江流万古，磅礴众山间。

照夜星辰落，锁晨云雾关。

古禹焉见迹，今世遂开颜。

浩荡碧波去，自兹写别篇。

注：一江，澜沧江。别篇，新篇。

龙开口电厂

龟虽寿，有竟时。子临川，叹"如斯"。人生犹一瞬，光阴白驹驰。慢教黄鸡唱白发，青春赋得红火诗。驭虬驾螭龙开口，一江春水归我司！

注：龙开口电厂在金沙江上，厂前有龟形巨石。遂联想起曹操的"神龟虽寿，犹有竟时"句，黄鸡，晨鸡。白发，老年。虬螭，皆龙之一种。司，调度，掌控。

大理下关江风亭口占

而今始识下关风，一水凿山两岸雄。
无有怒江前险在，弯弓盘马此屠龙。

注：滇西抗战，惠通桥被炸，日寇被阻于怒江。不然，日寇一路侵入，逼近大理，此地必成为一抗寇战场也。

清平乐·游白鱼口

短舸轻棹，此处旧曾到。白浪吹鳞天海渺，洗我一襟怀抱。

绿杨荫里沙堤，风光春日最迷。午树倚来梦觉，几声添得鸟啼。

注：此读大学时之旧作也。白鱼口为昆明一名胜地。

申庆国

1953年生，云南镇雄人，号南广居士，云南省诗词学会会员，昭通市诗词学会副会长，金碧诗社社员。

咏桂

村头苑内任风狂，独立清辉韵味长。

飒飒仙姿娇白雪，铮铮铁骨傲秋霜。

铅华不染竹梅节，玉绿常同松柏芳。

未必成材均作栋，人间天上献馨香。

田渊

云南镇雄人，历任永善县县长、昭通市发改委党组书记、昭通城乡规划建设局局长、市发改委主任、市政府秘书长、副市长等职。作品见于《中华辞赋》等刊物。

蝶恋花·春分

倚遍阑干春梦断，杨柳烟轻，又是秋千片。燕子归来犹未惯，落花飞絮随风换。

别后情怀都不管，一寸心肠，欲寄相思怨。记得年时双鬓短，那堪更把愁眉展。

风入松·晚来风弄柳丝飔

晚来风弄柳丝飔，樱傲群芳。闲庭聊坐纱帘卷，玫瑰红、襟上留香。鸟倦双栖树杪，犬乖独晒斜阳。

红尘寻梦意茫茫，惯看秋霜。归途可喜何堪寂，鬓须白、几度枫黄。竹下烹茶把盏，松间酹酒分觞。

田道高

1932 年生于四川省隆昌县（今隆昌市）。曾供职于昆明铁路第七中学。云南省诗词学会会员，云南省老干部诗词协会会员，云南毛泽东诗词研究会会员。

植树节游宝海公园

樱花斗艳引人眸，宝海波香霞彩流。
笑舞林间琴瑟乐，春风谁遣绿寰球。

冯中涛

云南威信人，现任昭通市统计局局长，云南省诗词学会会员，昭通市作家协会会员。

沁园春·又见绥江

袅袅云烟，碧水青山，好觅莵裘。怨小桃秾李，早归泥土；冷菊香桂，迟慰清秋。过眼栏前，擦肩陌上，再见无端惹客愁。空追忆，念如风往事，竟似蜉蝣。

书斋拂拭兜鍪，羡马踏黄尘浪里舟。叹眼间神采，时光暗抢；头中秀发，岁月明偷。话到辛酸，知谁容易，攘攘熙熙永不休。征鞍解，把橹长桨短，弄作箜篌。

沁园春·登顶大山包

手揽烟霞，脚踩山川，统率万灵。在群峰之上，牧羊霄汉；彩云之下，策马天庭。借水瑶池，移花仙苑，野鹤凌冬深雪鸣。三之二，有繁星皓月，如影随形。

登高忘却营营，使意乱神迷都暂停。把离愁别绪，交还阵雁；浅斟低唱，送给雄鹰。笔墨丹青，好难伺候，莫怪诗家煽怨情。从来是，冷风吹寂寞，雨打飘萍。

宁志光

三迤风雅

1961 年生，广西陆川人，字栎人，一字久辅，号愚庐。中国楹联学会会长助理、常务理事，诗赋委员会副主任、书艺委员，云南联墨中心主任，云南省楹联学会名誉会长。

澄江雅集即席赋

◎ 一

明珠深嵌四时春，一带湖山入画新。
不独鱼儿能抗浪，藕香烟水也撩人。

◎ 二

挺生人物有英才，智勇须夸汉李恢。
虎帐从容一席话，为刘招得马超来。

◎ 三

月上山头云半遮，扁舟载酒好生涯。
东坡居士如相遇，认作西湖总不差。

◎ 四

碧山碧水美无瑕，艳羡鱼龙做了家。
九夏我频来畅泳，还因映日灿荷花。

吉永华

1964 年生，云南镇雄人。现任云南省镇雄县政协文化文史和学习委主任。中华诗词学会会员，云南省诗词学会会员，云南省老干部诗词协会理事。

军营恋

军旅生涯十八秋，从戎勇献几多谋。

厉兵捍卫边关泰，秣马消除赤县忧。

为国常思舒壮志，效民犹念展宏筹。

今朝忆及军营事，解甲归田梦不休。

吉志强

三迤风雅

1955 年生，笔名尘封，转业军人。曾供职于昆明市公安局、嵩明县人民法院、昆明市监察局、云南省铁路建设指挥部、滇西铁路公司等。

望海潮·志

酒频茶冷，更残漏尽，匆匆过客如湍。鸟灭敌亡，藏弓断剑，空空破舍亭栏。凄楚伴冬寒。弄弦雨声里，仰面堪叹。怨曲更添，姿狂何可忘江山。

无须怅怨茫然。莫言今迟暮，往事如烟。来日且长，雄心尚在，吭歌重振峰峦。豪气贯云天，装置奔沧海，莫误华年。再掬霞光月露，挥洒满人间。

毕天祥

三迤风雅

1964 年生，云南凤庆人。凤庆县林业局退休，中华诗词学会、云南省诗词学会和云南省楹联学会会员，凤庆县诗词楹联协会理事。

拜读省诗词学会朱籍会长《衡门诗钞》

衡门珠玉涌如泉，风雅旌旗任仔肩。
诗化云南佳句在，高峰再起振吾滇。

答许东山

江畔卧云飞彩翠，师承高致作新诗。
烟霞自在多佳趣，杏苑风流非所期。

凭吊腾冲国殇墓园

碧血千秋念国殇，捐躯抗战扫扶桑。
凤山倭冢尸犹在，寄语东瀛莫健忘。

毕雪华

女，1942年生，现为云南省诗词学会会员，临沧市诗词协会会员，凤庆县诗词协会会员。作品散见于《诗词月刊》《云南诗词》等。

2018年元旦澜沧江赏月

皓月当空明若昼，波闪繁星尽眼收。

偶有猿声传黛色，置身宛若在瀛洲。

吕维戬

三迤风雅

云南宣威人，工程师，中华诗词学会会员，云南省诗词学会原理事，云南南社研究会、昭通市诗词学会顾问。镇雄诗词学会名誉会长。主编《镇雄环保诗文集》等。

忆秦娥·抗战胜利七十周年

烽烟急，倭奴肆虐神州裂。神州裂，炎黄愤怒，大河悲咽。

重衣汗透襟沾血，英雄亮剑诛顽孽。诛顽孽，狂飙起处，灰飞烟灭。

朱籍

1964 年生于昆明市，1990 年毕业于云南大学中文系，中华诗词学会常务理事，云南省诗词学会原会长，著有《衡门诗钞》。

由昆明飞南昌转机至惠州，参加第 33 届中华诗词研讨会

万里寻仙迹，飞天亦快哉。
山川如有约，我自踏云来。

题景颇族

创世史诗今尚在，南迁线索幸能寻。
红山笛老留遗响，青海湖深恋故林。
目瑙纵歌崇日月，天涯来客结知音。
宴名绿叶原生态，催就华章胜赤金。

醉花阴·题《春到贡山》图

五彩缤纷岚雾重，花放如潮涌。倩影入山泉，小鸟轻言、唯有花儿懂。

东风原是多情种，不待春雷动。点化彩云南，一幅丹青、写尽人间梦。

眼儿媚·题《大漠晨歌》图

塞上何人更吹箫，底事忆前朝？牦牛踏雪，飞鹰觅食，不见天骄。

北风怒吼乌云坠，古树尚逍遥。黄沙万里，千秋一梦，都入民谣。

临江仙·题《出峡图》

泉泻云中飞瀑，枫红天外凝霜。群峰有意锁长江。蛟龙安可缚，径自走他乡。

流水何曾宁静，险滩却似风光。挂帆千里别高堂。江河通世界，号子亦昂扬。

朱光华

1946 年生，云南省诗词学会会员。

点绛唇·牵牛花

小径芳郊，更无浓艳人稀顾。淡红轻羽，藤蔓娆高处。

笑靥常开，入画招人伫。群芳楚，至谦无妒，风拂轻轻舞。

风入松·乡恋

石桥往事总思惆，天抹淡云浮。马蹄声碎悠悠水，石栏伫，无以名忧。柏树惊鸦回首，岸边残柳空舟。

小河常聚学蛙游，水浅捉蜉蝣。田间拾豆清风爽，望家处，炊晚烟修。耿耿浮生如梦，匆匆往日难留。

朱智明

1952 年生，湖南永州人。云南省诗词学会会员，著有诗集《丝雨》。

西江月·国庆感怀

火种南湖初动，风云漫卷城乡。驱倭倒蒋过长江，旗舞降魔除障。

挥手庄严宣告，画圈指点南疆。神州圆梦启新航，丝路予人希望。

任恩扬

三迤风雅

笔名"三求斋"，昆明理工大学教授，中华诗词学会会员，云南省诗词学会、云南省南社研究会、云南传统文化研究会会员。云南省老干部诗词协会顾问。《翠湖春晓》主编。著有《三求斋吟草》。

初春

新柳春风袅，柔花细雨濛。

杖藜思绪远，漫步小桥东。

夏梦

柳絮似飞雪，小荷方始开。

清香缥缈远，月影共徘徊。

雁信何难至，冰心岂敢猜。

浮云随梦去，芦笛趁风来。

秋思

重露浸寒菊，秋鸿两羽轻。
清枝梳月影，孤树弄蝉声。
卮酒祝千里，瑶琴忆旧情。
何当驰八骏，箫管绮霞迎。

望海潮·乘舟游余杭塘河

　　蓝天初洗，浮云轻染，长堤柳笼桥头。飞燕剪霞，苍鸥掠岸，鹭鸶独立沙洲。黄鸟唱啾啾。看香蒲似剑，残月如钩。逝水东归，渡船追浪泛中流。

　　穿花拨雾登舟。恰晨光破晓，伴我清游。梅港竹溪，长亭短榭，梧桐荫掩红楼。图画一江收。正轻歌扣节，低咏方遒。何日兰槎桂桨，星汉荡悠悠。

任燕

三迤风雅

女，1955年生。中华诗词学会会员，中国楹联学会会员，云南省诗词学会、云南省南社研究会会员，玉溪市诗联学会副会长，《玉溪艺苑》副主编。

华宁碗窑村

牌坊高耸客缤纷，瓦罐垒墙寻旧痕。
彩釉龙窑承古韵，乌泥陶土变黄金。
百年技艺渊源久，一代新人创业忱。
茶具杯盘瓶各异，青花瓷器自奇珍。

游盘溪大龙潭

清泉汩汩汇成溪，活水源头草色萋。
绿柳垂荫枝叶茂，犀潭池碧拱桥依。
长廊藤蔓花香送，小径诗联楹柱题。
归燕呢喃幽静地，游人漫步鸟飞低。

金色田园

金鸡岭下春潮涌，花海无边壮锦开。
蝶舞蜂飞甜蜜酿，人欢影绚笑声来。
田园画卷欣铺绘，山水文章巧剪裁。
栽下梧桐迎凤返，乡村览胜上高台。

向兴城

1950 年生，云南大姚人，网名大川，云南省诗词学会会员，楚雄州老年诗书画协会会员，著有《大川吟草》。

秋雨绵绵

一场秋雨一番凉，枫叶无声暗换妆。

竹径菊花犹带绿，莲池蓼草却蔫黄。

声声雁阵催霜降，渺渺烟霞度隘茫。

无念静斋翻野史，丹心不负送鸿翔。

重阳登高

南疆秋影雁高飞，遍插茱萸览翠微。

开口只缘稀寿笑，抒怀更喜子孙围。

但将诗酒酬佳节，不用溪山恨落晖。

万物生来新旧替，衰颜何必泪沾衣。

后卫鸿

云南蒙自人,云南省诗词学会会员,红河州演讲与朗诵协会会长,蒙自市作家协会原主席。部分作品收录于《云南诗词》及地方文学丛书。

碧色寨

荒草湮沉米寸痕,石青瓦古正黄昏。

碎荫满地无人理,一任乱花红上门。

立冬诗录

◎　一

万物循天理,凌霜一枕凉。

风翻云破碎,雾锁雨淋浪。

壁老蛾收翅,灯青影扑墙。

家书频掩卷,怕湿字千行。

◎ 二

忽听梅早报，纵兴对村酤。
散赋调新曲，笼烟捂暖炉。
亲朋分远近，天地话荣枯。
四季何终了，风云煮一壶。

◎ 三

两海寻佳景，相邀已忘年。
风生云迫岸，潮起水欺天。
草晃千帆影，花流五色笺。
江鸥频学语，幽韵入窗舷。

刘旭

女，1937年生于河南开封，回族，高级工程师，曾供职于云南电视台。中华诗词学会、云南省诗词学会会员，云南省南社研究会、云南省老干部诗词协会理事，著有《雏燕集》《艺海偕游》。

大观楼览胜

凭栏眺望西山近，百里波涛眼底收。
桂树飘香花弄影，鸳鸯戏水客乘舟。
三春杨柳衬螺屿，九夏芙蓉映画楼。
最是髯翁绝妙句，千秋万代美名留。

虞美人·听雨

少年听雨居茅屋，隔壁借光读。壮年听雨在山中，攀嶂登崖心系晓春风。

如今听雨高楼上，晚景心舒畅。苍颜皓首复何求，艺海痴情操练也风流。

刘关勇

1972 年生，云南鲁甸人，中华诗词学会、云南省诗词学会会员，作品发表于《中华诗词》《诗刊》《陕西诗词》《诗词之友》《东坡赤壁诗词》《诗词报》等报刊杂志。出版有诗集《寄情云水间》，主编《鲁甸县诗词楹联作品选》。

游铁厂火烧寨瀑布

一瀑凌空天宇开，飞龙闪电挟雷来。
碧潭乍迸翻银浪，点点梅花争入怀。

刘阳锟

　　笔名文聊斋主人，号千顷村夫。云南省诗词学会会员，云南省南社研究会理事，昭通市诗词学会常务理事。著有《文聊斋诗词联》。

谒姜亮夫故居

虔诚故里拜先贤，阆苑堂馨郁蕙兰。
巨著煌煌谁接继，静心此处仰高山。

刘志强

云南省诗词学会会员，红河州作家协会会员，个旧市作家协会会员。作品散见于《红河文学》《个旧文学》《个旧时讯》等刊物。

鹧鸪天·初冬

送走秋霞迎立冬，惊呼岁月太匆匆。篱旁黄菊留余韵，园外红枫映碧空。

邀老友，学陶翁。品茶换盏古今同。梦中瑞雪从天降，含笑填词伴岁终。

刘纯羿

女，1950年生，重庆人，中华诗词学会会员，云南省诗词学会副秘书长兼办公室主任，作品曾入围第六届华夏诗词奖。

鹧鸪天·童年

本自渝州一小丫。父亲背上走天涯。金湖水暖濯纤体，草甸花香润韶华。

才古道，又东巴。大青树下过家家。昏灯茅屋温馨夜，慈母补衣我涂鸦。

临江仙·云南陆军讲武堂

菜海子边传火种，走来悍将枭雄。丹心热血啸长空。两肩担大任，更唱满江红。

护国硝烟辛亥剑，几番铁马秋风。沉思尤盼梦中逢。聆听先辈诲，奋进大潮中。

江城子·庚子暮冬寄江城友人

小楼一别念无穷，盼相逢，恨匆匆。挥手劳劳，不觉眼圈红。珍重一声声泪下，千万里，夕阳同。

珞珈冰雪已消融，看飞鸿，彩云中。姐妹情深，彼此点犀通。常对视频遥祝福，滇海岸，大江东。

破阵子·谒宁洱民族团结誓词碑

字迹清新苍劲，誓言掷地声威。血气方刚阿佤汉，歃血为盟更为谁。将军青史垂。

几度流离乡野，险些玉碎烟飞。淘尽尘埃遗石在，千载犹生熠熠辉。中华第一碑。

刘金保

三迤风雅

1949年生，云南昆明人，曾供职于华电昆明发电公司。中华诗词学会会员，云南省诗词学会副会长，《云南诗词》主编。

登岳阳楼

一楼壮千古，新霁好登临。

吞吐三江水，阴晴五岭云。

月明迁客泪，秋冷老臣心。

忧乐多能诵，范公何处寻。

题金殿吴三桂大刀

斫鼋屠蛟真宝刀，可怜助纣恨难消。

冲冠岂为红颜怒，血染中原负两朝。

少年游·小区桃花元夕前早放

立春犹冷，霜飞苔径，疏影自横斜。红唇先笑，霓裳欲舞，惊月下幽华。

爆竹夜醒珠光映，和靖醉相夸。会忆桃源仙娥窟，春溪涨，泛灵槎。

永遇乐·访松山感怀

幽峡涛惊，崇峰云乱，人在何处？战地凭临，摩挲碎锈，响角寒空去。乌烟赤火，弹雨炮声不住。挟惊雷，千山颤动，气吞血日如虎。

雄姿不见，英名安记，焦柏残松忍顾。六十余年，滇中遗老，犹说征西路。丽虹江跨，巨龙山绕，翠竹寨头舞鼓。人应识，东洋逆寇，鬼魂散否？

石州慢·谒大理一中杨公祠

松柏森森，祠庙壮哉，苍洱豪杰。阶前碧草珠莹，桂蕊幽香争发。将军应笑，百年星斗煌煌，九州生气风雷烈。勒马眺黉门，恰如今时节。

一别，南疆烽火，怒发冲冠，逆夷猖獗。汉帜苍茫，一旅孤军频捷。虫沙竟化，碧血马革蛮烟，悲歌塞上春云咽。月夜再归来，听弦歌清彻。

刘荣干

三迤风雅

1962 年生，江西赣州人。笔名神游流韵，中华诗词学会、云南省诗词学会、深圳市诗词学会会员，吴门诗社社员。

咏水

高处不贪争，相滋万物生。
方圆随演变，曲直任纵横。
流浪凭谁惜，翻腾举世惊。
刚柔能自济，交浅似无情。

题庆辉兄所摄垂钓图

谁在湖中放钓钩，欲将烟雨一竿收。
归闲不问沉浮事，管你春来还是秋。

八声甘州·辛丑暮春偕友登抚仙湖笔架山

恰春深日暖好时光，偕友向湖山。看舟摇浪鼓，鱼沉鸟宿，崖立峰悬。到处红娇绿艳，空气自澄鲜。信是真灵境，堪解忧烦。

漫步古滇遗址，问沧桑巨变，谁与增删。古今多少事，仿佛隐波间。笑苍生、忙忙碌碌，憨痴中、几个识机缘。争如我、倚栏凭吊，聊度清闲。

刘桂华

女，1963年生，湖南祁阳人，云南师范大学副教授。中华诗词学会、云南省诗词学会、云南省老干部诗词协会会员，《翠湖春晓》主编。作品散见于《中华诗词》《中华辞赋》《当代诗词》等。

访友山野之居

归山好友自陶然，半亩鱼塘半块田。
垂饵常钓云里月，植桑可作地头仙。
几竿修竹邀清客，一盏香茶醉碧泉。
吾羡农家多乐事，何时采菊在篱前。

云南陆军讲武堂旧址

正立春城梦未遥，翻摧破败旧王朝。
风云故国拓生路，貔虎新军有律条。
方院威严苍木郁，门楼耸慕将旗飘。
当年猛醒雄狮吼，万里江河起浪潮。

浣溪沙・江南一别已经年

曲韵流连共月前，残红逝水两相怜。缠绵心事满花笺。

垂柳丝丝牵旧梦，烟波漾漾起幽弦。江南一别已经年。

鹧鸪天・大观远眺

百顷风荷碧浪翻，观潮杨柳拂栏杆。溢光山色连新阁，掠影鸥声啭古联。

诗壁画，水云天。一襟斜照带湖烟。渔歌隐约传于耳，疑是千年摆渡船。

满江红・清明寄思

微雨清明，疏烟起、湿沾柳絮。凝望里、雁峰回梦，楚天湘浦。忆里高堂慈目笑，温情满室温情语。暖春晖，绿萼映花红，莺歌舞。

音容渺，仙鹤翥。难倚膝，情无助。听风摇雨叶，戚声如诉。欲向天台传信息，星河隔阻萦萦绪。但愿能、春色驻瑶台，花千树。

刘德金

云南会泽人，中华诗词学会、云南省作家协会、云南省诗词学会、云南省楹联学会会员，春蚕诗社社员。会泽新翠屏诗社副社长，会泽民间唐继尧研究会副会长，诗词发表于《中华诗词》《诗词月刊》《云南诗词》等刊物。著有诗集《指尖上的春天》，论文和通讯《钱乡情》。

农民工

除夕不回家，家中留幼娃。
思娘难入梦，寒夜听孤鸦。

赞山中做客

炎炎夏日到农家，庭院清幽簇百花。
老妪坡前摘嫩豆，小姑室内洗鲜瓜。
火塘白糯砂锅饭，栗碳清香土罐茶。
美酒初斟迎远客，春风笑语话桑麻。

米志勇

三迤风雅

1955 年生，回族。曾供职于昆明橡胶公司、五华商业集团等。云南省诗词学会会员。

吊唁远征军阵亡将士

长眠异国奈何之，满腹乡情无尽时。

夏雨绵延遮故里，秋蝉凄楚望宗祠。

铮铮铁骨峰前没，淡淡愁怀月下痴。

幸有松涛卷荒野，当年战马正长嘶。

江石光

三迤风雅

1951 年生。云南省诗词学会、临沧市诗词协会、凤庆县作协会员。作品散见于《云南诗词》《临沧诗词》《血沃南疆》《行走云南·我为滇狂》等书刊。

游尾都湖公园

水色不随时令变，拳拳雅意在胸中。
世间山水形名异，画里丹青韵致同。
雪作泠泠流欲尽，情思耿耿感无穷。
返程难舍回眸久，忆起频频梦境中。

汤爱萍

女，1954年生，昆明人。中华诗词学会、云南省诗词学会、云南省老干部诗词协会会员，现为《翠湖春晓》主编，《滇老诗苑》编辑。

过雅安至西昌高速

数叠高桥数叠虹，穿山绕洞似迷宫。
遥看荒野茫茫处，一架藤桥残照中。

临帖偶感

窗外桃花三两枝，呢喃双燕往来时。
一年最是春光好，勤把狼毫纸上驰。

许世鹏

1976 年生。现供职于凤庆县总工会。中华诗词学会会员，云南省诗词学会常务理事、副秘书长，临沧市诗词协会副会长。

游兰津古渡

中原北上汉时通，万里虽遥号一同。
游艇闲闲江水绿，木槎之上坐春风。

谒屈子祠

冬日来瞻屈子祠，堂前肃立雨如丝。
汨罗江上飞罗幕，无尽涛声求索诗。

无题

谁谓含英复咀华，为文未梦笔生花。

讲堂三尺真如海，翰墨千秋灿若霞。

鲁国书风雄且大，圣人诗教正而葩。

澄清扫屋寻常事，滋味淡中还数茶。

清平乐·建党百年风华茂

云程发轫，喜看红船信。唤醒中华心气振，二十八年嘉讯。

歌声响彻燕京，骈阗百族光明。肩负复兴伟业，神州海晏河清。

许代轮

1949 年生于昆明，曾供职于禄丰钢铁厂，后因公致残，诗书自娱。

随感

人生苦短只三天，恩怨何须郁寸田。
事若烦心丢脑后，笑能益寿且开颜。

遣怀

开怀能不醉金波？已是黄昏日几何！
月下邀朋花影瘦，灯前把酒鬓霜多。
临风且唱逍遥曲，读史还吟正气歌。
流水无情人易老，岂容晚岁再蹉跎！

浣溪沙·倏忽秋深

倏忽秋深已暮年，平生万事俱如烟。西风飒飒雨绵绵。

独向书山寻乐土，偏从沙海掘甘泉。糊涂便是活神仙。

孙继云

三迤风雅

1962 年生，安徽广德人，号牛角书生。中华诗词学会理事，云南省诗词学会原副会长，昆明老年大学诗词班教师，著有《常语集》。

俯瞰云龙太极湾

山环水绕自当初，一卷乾坤太极图。
休怪陈抟遭指控，果真依样画葫芦。

过卢汉公馆

边城寒日下西山，有酒相呼车马喧。
且释手中兵与刃，传杯不惜翠湖干。

东川红土地

一抹朱红一抹蓝，四时天锦扮重峦。
不知谁绘江山丽，云岭忘收调色盘。

严文笙

三迤风雅

笔名了了，云南省诗词学会会员，个旧市诗词学会副会长，红河州作家协会、书法家协会会员。作品选入《中国诗书画精品集》《中国微诗》《苑》等，作品散见于《红河文学》《个旧文学》《云锡文艺》等刊物。

听琴意象

丝弦五指臣，终曲意幽真。
似入空林座，如窥上古人。
耳闻心自静，气顺目离瞋。
神定宫商羽，恬然妙满身。

蝶恋花·露营蝴蝶谷

晨揖喧嚣山涧躲，曲径清流，足下祥云裹。神往通幽随处卧，梦回天府安然坐。

暮别小溪聊宇廓，把酒闲人，化蝶人非我。叠翠青山红帐佐，谁知此境天人作。

严蓉

三迤风雅

女，云南昆明人。中华诗词学会会员，云南省诗词学会常务理事，春萌诗社社长。诗词作品散见于《云南诗词》《云南政协报》等。

笔墨情

因无适俗韵，时避在书田。

赤足追唐宋，披襟访圣贤。

称心描蜀素，得兴写曹全。

小品三分墨，鸿篇六尺宣。

虽非彩鸾笔，亦缺薛涛笺。

偶得长留句，无端久笑妍。

西窗双镜月，东壁一壶天。

莫道春将尽，痴深已忘年。

踏春

垂柳欣欣杏早芽，云轻波暖泛仙槎。

沙鸥有意逐兰桨，渔女多情弄彩霞。

吻面清风迷客路，湿衣薄雾掩人家。

水穷正觉无行处，野寺春桃已著花。

虞美人·端午

龙舟竞发笙歌袅，四野人声吵。水边独立望长空，心绪绵绵飞至楚江东。

离骚天问今犹在，谁识忠贤爱。争将艾粽水中投，嘱咐清波且向汨罗流。

苏建华

三迤风雅

云南普洱人，云南省文史研究馆原副馆长、巡视员，曾先后担任县、地党政领导。云南书画研究院研究员，云南省诗词学会顾问，云南省书法家协会会员，著有诗集《悟琴斋吟稿》《心月集》《高山流水》（合著）等。

咏竹

经秋品更高，带露舞长梢。

水畔栖鸥鹭，山间立隼雕。

心虚能盛水，节硬可作矛。

蓄足精灵气，来春竞笋娇。

咏兰

山间草一株，自在喜幽疏。

选至华堂种，招来亵手扶。

愁忧时见长，韵致慢消无。

欲往林泉返，何方是正途？

咏菊

篱边点点黄，暗自散清香。
不挤春花侧，甘依桂子旁。
温濡何怨少，赞颂未期扬。
抱柱归泥土，无须进雅堂。

咏松

翠绿覆山冈，迎风傲雪霜。
欣将乔作伴，乐替草遮阳。
果籽传天性，轮纹计岁长。
闲抛无怨恨，肯用可为梁。

李妍

女，教师，中华诗词学会、云南省作家协会、云南省楹联学会会员，中国西部散文学会会员。作品散见于《星星》《红叶》《云南诗词》《西南作家》《西部散文选刊》等。

游唐继尧故居

唐公府邸燕双飞，诗客光临夏雨微。
屋老漆红人仿佛，庭幽草绿梦依稀。
心中犹忆西风烈，耳畔还闻战鼓威。
振臂一呼天地变，悠悠千载沐余晖。

咏乐山大佛

宝相庄严骨自骄，风霜渐染叹颜憔。
静凝脚下风云变，怨恚嗔痴一笑消。

蔷薇梦

我自轻盈我自香，悄然盛放舞霓裳。
千年一梦痴心付，记否当初明月珰？

李元邦

1947 年生，彝族，中教一级教师。云南省诗词学会会员，楚雄彝族自治州老年书画诗词协会会员。

虎跳峡

铁壁巍然刺破天，急流奔泻两山间。

惊涛拍岸云生谷，巨石中流虎越川。

激水翻腾嚣万载，清波涌动泽千田。

五洲游客赞奇景，香格里拉天下传。

李长虹

1935年生，重庆垫江人。中学教师，普洱市诗联及宁洱县老年诗书画协会顾问。著有《长虹诗选》《秋水长天集》。

蝶恋花·宁洱太达震后重建

结伴采风来得早，屋后青山、鸣鸟报春晓。日映龙潭金粟曜，农家庭燕画梁绕。

大爱无垠佳讯报，新造小楼、创业重科教。劫后山村霞彩照，风光看取知多少？

浪淘沙·魅力阿佤山

阿佤乐游原，烟霭泉潺。村姑负篓采春鲜。布谷催耕勤稼穑，梯垄层峦。

碧岭拥龙潭，云海奇观。龙摩秘境纪当年。一碧珠帘悬里坎，溢彩云天。

李仁万

1968年生，云南鲁甸人，笔名轨仁，曾供职于鲁甸县民政局，现为鲁甸县残疾人联合会副理事长。昭通老年诗书画协会会员，鲁甸县诗词楹联学会会员。

咏镜

不论方圆处世艰，刚真内质面平娴。

梳妆台上为君照，但愿天天不改颜。

李文诣

1935 年生，白族，云南大理人，中华诗词学会会员，云南省诗词学会会员。

街道清洁工

星星闪烁雄鸡唱，背负灯光夜色行。

扫帚笔挥街作纸，行行书写见真情。

李正宇

1936 年生，云南牟定人，曾供职于楚雄技师学院。云南省诗词学会常务理事，中华诗词学会、云南省楹联学会会员，楚雄州老年书画诗词协会顾问。

见旧友

楚材晋用别时空，岁月沧桑谈笑中。
近墨近朱无易色，立人立德有高风。
精诚精业精生计，重义重情重恪恭。
鹤发不渝花信志，男儿至此亦豪雄。

沁园春·退休乐

走出厅堂，泽畔行吟，垒石小炊。喜升平难得，河山叠翠；掀髯长笑，览景山隈。修性休身，天年颐养，正是今朝展笑眉。逢知己，且提壶沽酒，共敞心扉。

人生知足常怡，更何况，时光去不回。想天河水泄，流干银液；婵娟独媚，总点珠辉。楼入红云，壁镶金玉，古往今来能几谁？盼君至，这妪翁聚处，朴返真归。

李正朗

1946 年生于四川广安。中华诗词学会会员，云南省诗词学会会员，著有诗词集《诗国西吟》。

云龙西竺寺

狮尾河湾状似弓，萝峰屏列树葱茏。

岚摇柏顶啾啾鸟，寺荡山腰缓缓钟。

禅院桂华熏日月，云房兰气漫春冬。

清流静绕仙庐外，雨过烟霏卧彩虹。

李世沛

三迤风雅

1943年生，云南会泽人，云南省中学语文特级教师，云南省诗词学会常务理事，会泽新翠屏诗社社长，出版专著三部。

银杏（新韵）

银杏秋深一树金，长空万里碧伤心。
天凉不用千只扇，故遣纷纷委陌尘。

与诗友游云峰寺（新韵）

宝殿寥寥昼掩门，云峰佛寺叶森森。
一槐抱柏红丝绕，数刻依垣青史存。
古木荫中断平仄，秋光影里歌夏春。
慈悲假我百年寿，依旧诗书乐此身。

水城赏梨花（新韵）

疑似经冬雪未消，千丛万朵压枝条。
闲云输白踪犹远，老圃争春色更娇。
车驾频来情切切，蜂迷纷至兴滔滔。
秋来满目黄金果，笑把农家胡子翘。

观抗战胜利 70 周年大阅兵（新韵）

气壮五洲威势雄，镇倭慑美卷东风。

倚天长剑锋如电，动地军歌气似虹。

十亿神州齐注目，九天风雨同敛容。

千年霾雾灰飞尽，日朗山青花正红。

甲午冬赴兆彩君年猪宴

老友深情感碧穹，凌消数九艳阳红。

席安新建华堂内，酒入故交诗腹中。

执手数番期上寿，推杯几度念元戎。

相知共怨时光短，车畔依依立晚风。

注：元戎，指唐继尧。席间商议春暖时诣娜姑野马槽林区唐继尧祖茔考察。

李记臣

当过兵，教过书，从过警。曾在县、州党委、人大机关和省级政府部门、纪检监察机关工作，现供职于政法系统。爱好诗词。

如梦令·夜遇野象

野象谷中将暮，沉醉傣族歌舞。兴尽晚回车，突遇象群封路。惊怖，惊怖，却看俨然闲步。

浪淘沙·重阳感怀

战友聚重阳，又忆沧桑，峥嵘岁月铸辉煌。浪子回头千百万，荡气回肠。

不悔满头霜，醉享夕阳，放歌赤县舞春光。泼墨山河迎盛世，再续华章。

李成凌

三迤风雅

1944 年生于云南大理，云南腾冲人，云南农业大学教授。现为中国力学学会会员，云南省诗词学会会员，昆明市书法家协会会员。

祝贺 C919 首飞成功

银鹏展翅穿云海，喜讯传来举国昂。
两霸称雄图垄断，三分市场闯强航。
思飞几代圆宏梦，偿愿华人赋锦章。
壁垒踢开成大业，环球瞩目赞东凰。

李伟民

1960 年生，云南昆明人。云南省诗词学会会员，东川区春蚕诗社常务理事。

江南水乡

水墨江南烟雨稠，古香古色古风悠。
伊人凝伫思佳客，客在他乡何处留？

李全叙

三迤风雅

女，1944年生，蒙古族，云南腾冲人，云南省诗词学会会员，作品发表于《云南老年报》《云南诗词》等。

吴哥夕照感怀

久慕吴哥寺，今登巴肯峰。

葱林掩古国，落日照残宫。

笑佛夸前盛，游人览故荣。

乾坤新旧替，光耀转头空。

蝶恋花·梦母

庭院深深深几许？黛瓦飞檐，次第重重数。帘外青山虚晓雾。西楼望月斜归路。

梦里千思思百度。慈目祥光，爽爽回朱户。总是相留留不住。彩霞去向云深处。

李启固

1936年生，四川泸州人。曾供职于凤庆县粮食局。中华诗词学会、云南省诗词学会、临沧市诗词协会会员。

迎春河岸柳

十里长堤垂柳丝，娇柔似醉路人痴。

千条影荡溪流里，漫展云笺写赞诗。

李佳

三迤风雅

1992 年生，云南曲靖人。《麒麟当代诗词选》《麒麟历代诗词选》《麒麟历代楹联选》副主编。中国楹联学会会员，云南省楹联学会理事，云南省诗词学会会员，云南省书法家协会会员。

抒怀

寒窗励志自高歌，继晷焚膏铁砚磨。
不让青春成逝水，挥毫泼墨弄潮波。

咏葫芦

耻附高枝近日轮，篱园叠翠显精神。
金飚扫尽萧疏叶，大肚虚心抱朴真。

贺《爨体系列丛书》付梓

爨门执耳久名扬，翰墨躬耕笔底香。
蓄势藏锋如虎卧，腾挪结体似鸾翔。
涵今茹古成新我，拂素飞毫续玉章。
铁砚磨穿功力透，传薪播火韵流光。

自抒怀抱

飞毫拂素浸华年，暮写朝临种砚田。
朴拙直追双爨韵①，圆浑只爱石庵笺②。
闲来六纬寻佳句，叩得七经访古贤。
不愿朱门阶下走，逍遥笔翰做神仙。

注：①双爨：爨宝子碑与爨龙颜碑合称"滇中双爨"。
②石庵：清朝大书法家刘墉，号石庵。

李学明

1960 年生，哈尼族，云南墨江人，曾供职于墨江县委宣传部、墨江县委党史研究室等单位。墨江老年诗词协会副理事长。

歌颂中国共产党

南湖斩浪巨船航，赤帜飞扬斗志昂。

拯救贫民方向定，振兴弱国目标彰。

腥风血雨总无惧，革故鼎新欣更昌。

喜看龙腾惊四海，丰功百载铸辉煌。

李学彦

三迤风雅

军人，中华诗词学会会员，云南省书法家协会、云南省作家协会会员，中国作家书画院艺委会委员，云南省诗词学会原副会长，云南子彦堂书画院院长，云南省美术书法研究院研究员。著有《李学彦书法作品集》《集墨斋诗稿》等。

冬临冷雪（通韵）

登高凭远望，婉转九肠回。

秋过残云瘦，冬临冷雪肥。

闲情多少问，逸兴几时归。

薄暮寒山寂，蓝星伴月辉。

壬寅寒露即兴

一水经秋变露寒，金风又戏万重山。

江河日渐波涛瘦，望过群峦天地宽。

山水太极图

云龙蓄势向天飞，穿越群峦百嶂围。

远古神仙呈梦境，阴阳太极荡心扉。

江山万里生图画，笔墨千章染翠微。

胜地由来存大理，芸芸不可把天违。

三迤风雅

209

观建党百年庆祝大会盛况感赋

巨轮破浪始红船，几度桑田几变迁。
建党初心谋大众，蓝图愿景启宏篇。
青春百载开新路，伟业千秋冀少年。
惊世一声民万岁，中华豪气越云天。

辛丑孟夏访渣格小学文阁

层楼百载望春风，旧事烟消千万重。
文阁凌云生紫气，魁星点斗启蒙童。
红军路过安麾帐，古井水流革命功。
几处青山流韵在，国旗耀眼映苍穹。

李政军

1963 年生，彝族。中华诗词学会会员，云南省诗词学会原理事，临沧市诗词协会常务理事，云县诗社负责人，《云县诗词》主编。作品选入《云南当代诗词选》《行走云南·我为滇狂》《血沃南疆》《云县当代诗词选》等。著有《沧江诗韵》。

莲花潭

深潭碧水游云浅，五瓣莲峰始盛开。
沼沚千年龙迹寂，先民百代祖传猜。
泓源惠泽滋灵土，古木临渊彰栋材。
堤岸横舟浮月处，云鳌触景赋诗来。

送春

微风痴热瘦花天，祈雨淋窗入半眠。
凋蕊深春知夏近，寻声杜宇过门前。
落红一地怜芳尽，愁柳五株犹变迁。
唯有蟾宫新月色，勃然亘古动千妍。

李树烈

三迤风雅

1936 年生，贵州遵义人，经济师，曾任云南省电力工业局副局长等职。云南省诗词学会原常务理事，云南电力诗词学会秘书长。

鹧鸪天·静夜思

一缕清风入户来，化为贤内慰吾怀。穿堂走室扫尘土，磨墨挥毫诉别哀。

心有泪，意深埋。瑶台高处总徘徊。问君别后曾何以，夜夜寒辉抚玉钗。

满庭芳·春游滇池

树翠山青，葭苍波碧，燕儿轻剪云天。朝霞飞卷，谁细语风前。回首春秋往事，几多恨，涌上心田。家千里，泪痕襟袖，老幼历辛艰。

年年。为远客，寄身异地，肠断情牵。念门外清泉，流水涓涓。一别多年不见，魂梦里，情景依然。斜阳下，滇池浪上，犹自棹孤帆。

江城子·咏昆明金马碧鸡二景

碧鸡屹立古城西，梦魂迷，寄松栖。身着霓裳，翠冠与天齐。面对滇池波浪涌，无限意，寄晨曦。

城东金马更称奇，日长嘶，踏荒蹊。志在云霄，谁个识灵犀？唯有碧鸡知晓意，相向立，对天啼！

蝶恋花·无题

一夜春风花万树。晨起轩窗，满眼娇容露。遥望长天红日度。朝霞朵朵盈门户。

回首人生多曲路。踏破青山，唯把心灵赋。相约春晖同与住。真情赢得深情付。

李爱

三迤风雅

1970 年生，云南曲靖人，曲靖市沾益区人民检察院党组书记、检察长，中国楹联学会、云南省楹联学会会员，云南省诗词学会会员，曲靖市作家协会会员。作品散见于《检察日报》《云南诗词》《滇联》等。有作品选入《第二届中国百诗百联大赛参赛作品精选》《第五届华夏诗词奖获奖作品集》等。

贺程艳女士荣膺"云南省医德标兵"

春山方耸翠，盛会即披红。

厚德如坤轴，标兵似锦峰。

流年浸苦海，仁术续清风。

祈愿花神佑，祥光伴始终。

咏国庆七十周年阅兵式

领袖阅兵我放歌，雄风浩荡慑妖魔。

青烟滚滚豪情涨，铁甲隆隆斗志峨。

国力频升磐石固，军威永驻剑锋磨。

神州已迈复兴路，"岛链"三重又如何。

李琼华

女，1950年生，云南昆明人，中华诗词学会会员，云南省诗词学会常务理事，云南省楹联学会副会长，云南省南社研究会副会长。《云南诗词》编辑，《滇联》副主编，《云南南学》副主编。两次获评"华夏诗词奖"优秀奖。

夏到农家

清溪竹隐几农家，晓日莺啼颂物华。
偶有犬声传地角，闲将足影印天涯。
塘前鱼跃半池水，雨后林披一抹霞。
村女篱边收豆荚，蔷薇架下试新茶。

戊戌立秋游海东湿地公园

雨霁清游逸兴佳，秋风阵阵卷繁华。
幽塘绿苇邀诗客，野径青帘见酒家。
天外雁飞思往事，堤边树荡噪归鸦。
牛群漫嚼云边草，放棹穿梭带晚霞。

海棠

山携栈道午晴初，一抹霞光紫萼铺。
传得东君柔媚态，染成西蜀丽仙姝。
朱唇酒晕红生脸，翠袖纱笼粉映姑。
深浅半开新著雨，销魂画入紫芝图。

大观楼远眺

放眼波光夕照低，轻舟几拍绿杨堤。
迷濛烟岭连金马，荡淡晴岚挽碧鸡。
雁剪白云翔海宇，鸥浮碧水戏涟漪。
江山任我携芳渡，惯听丛中悦鸟啼。

满江红·参观唐淮源将军纪念馆感怀

立马横刀，摇征辔，中条山咽，民族恨，仰天长啸，战烟惨烈。战士抗倭抛玉骨，将军杀敌捐鲜血。军完人，抗日在前沿，忧民切。

山河碎，家国缺。雄俊在，顽军灭。悼滇军将士，救亡先烈。异土魂消黎庶谒，沙场鏖战英才别。慰国魂，已拾旧山河，明圆月。

李增平

三迤风雅

1964 年生，云南通海人。先后就职于东川市（区）林业部门、东川区委办公室和东川区人大常委会等，曾获全国绿化奖章。春蚕诗社顾问。

苦刺花（新韵）

花儿野外开，白染满山台。

采蜜蜂飞舞，依春蝶释怀。

年年生故地，岁岁落尘埃。

把去煎清苦，肴蔬待客来。

踏莎行·小渡秋色

雾绕重山，烟萦小渡，孤舟逐浪飞花处。残红落照晚风凉，昏鸦老树归迟暮。

木叶知秋，丹青择素，野原画染无重数。绵延江水拍山流，情思载了何方去？

李恒生

三迤风雅

彝族，字莫寻，号青莲。中华诗词学会会员，青莲诗社社长。作品散见于《中华诗词》《诗刊·诗词》《中华辞赋》《星星》《诗选刊》《诗潮》《滇池》等。

卜算子·晨起得句

慵起卷珠帘，沐在清风里。一朵闲云附耳边，絮语无休止。

好个艳阳天，又是莺啼翠。啼到诗行溅起花，满纸春天味。

卜算子·山茶花

谁把火燎燃，种在东山岭。红透香腮似彩霞，照彻清溪影。

只为盼君归，犹自痴情等。但愿今生约有期，莫负良辰景。

卜算子·落花语

不肯下枝头，无奈随春走。穿过阳台上我身，入我青衫袖。

疑似怨东风，看似心伤透。向我轻轻诉苦情，比我还消瘦。

卜算子·夜入彝人古镇

何事扣心门，难解相思锁。独立桥头冷冷风，月在花前躲。

柳下小灯笼，依旧情如火。可恨流莺一夜啼，又笑多情我。

卜算子·相思

最是晚风凉，最是情丝软。最是更深寂寞时，还把相思挽。

想到我心疼，疼也无人管。疼到灯花落尽时，又怪灯芯短。

李开慧

三迤风雅

1955 年生，云南文山人，中学语文高级教师，曾任云南省文山州文联委员。中华诗词学会会员，云南省诗词学会理事，文山州诗词楹联学会会长，《文山诗词》主编。

神药三七

秋撑翠伞衬棚栏，竞丽皇妃焕彩冠。

玉蕊当茗逢友品，龙根煮凤候宾餐①。

时珍验证夸神草②，患者尝疗誉妙丹。

史载嘉名金不换，千年落户衍文山。

注：①"煮凤"指文山的本地鸡煮三七绒根。

②"时珍"指明代药物学家李时珍，他把三七称为"神草"与"金不换"。

李发友

三迤风雅

1980 年生，彝族，云南省诗词学会会员，文山州诗词楹联学会副会长。

文山三七（新韵）

三七艳若美人娇，款步婀娜舞细腰。

绿袂凭风随日摆，红冠映彩伴霞飘。

煲汤入膳餐桌盛，用药行医疗效高。

仙草南疆天外客，禅心从未染尘嚣。

李嫦莉

女，云南宜良人。中国楹联学会常务理事，云南省楹联学会副会长，云南省南社研究会副会长兼《云南南学》编辑，云南省老干部诗词协会副会长兼《滇老诗苑》主编，云南省诗词学会常务理事。

咏核桃

身在彩云乡，平生喜日光。
剥开青李貌，内秀自秋芳。

春城冬趣

冬寒炭火烧，三二作神聊。
饵块糯香透，班章茶气饶。
无求方洒脱，知足便逍遥。
夜落离言切，期颐度此宵。

鹧鸪天·翠湖午后

叶漏晴光影画图，眼前情致与君俱。树间松鼠飞相逐，秋后荷花零不如。

云淡淡，意舒舒。一眉翠色小西湖。午时慢道期幽步，忘却年华过隙驹。

注：小西湖指翠湖，环翠湖有最美慢跑道。

江城子·戊戌盐隆祠七夕

天公作美暮新晴。月初升，敬仙灵。祈福禳灾，诸子拜魁星。欲饮银河光澈水，开智慧，识真情。

这般雅会赖传承。鹊桥灯，照双清。看戏分茶，玉指抚琴筝。最是夜阑人去后，无限意，睡难成。

行香子·陇老兆麟先生相约众友雅聚

道上风光，啼鸟喧旸。网红街，春物章章。见她蓝雾，柔绿新妆。惜匆匆去，因嘉会，宴兰堂。

壁中字画，观止难忘。此髯翁，绝不寻常。酒携诗兴，兴佐醪香。这般情景，宜乐矣，罢思量。

杨渡

三迤风雅

1930 年生，白族，云南凤庆人。中学高级教师。中华诗词学会会员，云南省诗词学会会员，凤庆诗词书画协会原会长。著有《碌碌华年》《学海用舟》等。

咏石林

神工鬼斧塑精金，宇宙奇观出石林。

沐雨栉风经亿载，擎天拔地上千寻。

张张无墨写生画，处处有诗歌雅音。

奔放欢腾跳月舞，勤劳勇敢撒尼心。

杨勇

三迤风雅

供职于红塔集团昭通烟厂，昭通市政协委员，民建云南省委文化委员会委员，云南省诗词学会会员，昭通市诗词学会副会长。《昭通诗词》副主编。

盐津豆沙关怀古

骇浪滔滔江水流，峰高路险万山幽。

层林郁郁千峦翠，往事悠悠百物稠。

崖上悬棺惊世界，袁滋题刻记风流。

石门关下沧桑道，阅尽春风看尽秋。

杨万红

三迤风雅

女，云南宣威人，网名桥边红药，中学高级教师，国家二级心理咨询师，省级普通话测试员。中华诗词学会会员，云南省诗词学会理事，《天涯诗友》主编，金碧诗社、春蚕诗社社员。

2019 年回江南有怀

旧苑见莲池，江南客自痴。

三秋人老大，一月影空移。

谁诉当年语，睁凝半世思。

别情深几许，好景更相期。

踏春已见花落有慨

青红又一时，恐负旧春枝。

逐胜悲花落，成泥断客思。

心忧风未静，疫久岁难期。

枯坐黄莺语，柔声到柳眉。

回苏州参加三十年同学聚会

谁念同窗归万里，寒山寺外共吴音。
人情若似初相识，纵使千帆碧海心。

回母校参加三十年同学聚会游师陶园咏怀

问讯师陶淡淡莲，几多三十对华年？
回廊九曲空陈迹，长镜三番续旧缘。
晤面平添心底热，开怀共饮掌中鲜。
同窗四载情如月，映入清波好个圆。

清平乐

　　窗前独坐，坐到斜阳躲。又见霞飞任婀娜，欲把心门紧锁。

　　你我一别天涯，相思无处安家。明月清辉怎共，谁来续上新茶。

杨天琪

三迤风雅

1961 年生，云南省诗词学会、云南省楹联学会会员。诗词作品发表于《春蚕诗词》《云南诗词》《滇联》等。

会泽江南会馆有咏

百年会馆古城边，风貌园林誉满滇。
借得江南一缕水，移来西北数重山。
森森桂柏仙留迹，肃肃楼台神奉安。
幸喜而今逢盛世，重光古建万民欢。

杨世光

三迤风雅

1941年生，纳西族，中国作家协会会员，云南省文史研究馆馆员、编审。云南人民出版社原副总编辑兼《大家》杂志主管决审。曾任中国少数民族作家学会常务理事、中华诗词学会常务理事、云南省诗词学会副会长、云南当代文学研究会名誉会长、云南省国学研究会副会长等。有《杨世光文集》11卷出版发行。

元阳哈尼梯田

峰峰一望平，田叠九霄城。

春水千畦净，晴山万镜明。

草塍天际挂，牛架日边耕。

待黍冲云熟，金梯耀眼呈。

迪庆太子雪山

太子气何昂，翩然百世王。

羽冠冲玉汉，银剑指天狼。

古陆驯为马，冰河挽作缰。

炎凉甘盾御，长佑庶黎昌。

题威信观斗山

滇云一绝奇，峰簇碧莲姿。

立极亲星斗，凭临涌画诗。

高田镶垩壁，曲道绣金丝。

万缕晴岚魅，仙心任畅驰。

金沙江虎跳石

紫眉墨面对荒蛮，但赴中流不计还。

借峡为庐明傲骨，挽澜有志作雄关。

浪鞭抽背仍昂首，风剑劈身无皱颜。

任尔浊潮成大劫，立根千古稳如山。

长江第一湾

横岭突峰环扣环，一江骤折似钩弯。

稻粱熟作黄金岸，松柳青成碧玉鬟。

元祖革囊遗谊泽，明酋石鼓愈伤斑。

多情筏子轻于鸟，载我穿梭画幅间。

瑞丽泼水节

赤黄绿紫丽人行，汇作霞溪八面迎。

平地铺成千色锦，高丘染出百虹城。

水花泼得心花爆，画意舞来诗意鸣。

盛世欢狂天不夜，我痴我醉一忘情。

游凤庆石洞寺

万古洪荒造洞奇，岩丛叠寺傲神姿。
双雄石柱擎双阁，独秀天桥恋独池。
白壁飞檐娇若鹤，古茶舞臂袅如姬。
前人题刻迎头乱，我更喜泉云际垂。

师宗五龙壮乡行

诗客奔车趁夕阳，乡原满目镀金黄。
肥牛步野村童乐，小筏浮河渔汉忙。
麦豆争丰迎熟夏，瓜蔬蓄势赛青装。
农家盛席尝新味，黍米难忘粒粒香。

孙园咏孙髯翁塑像

联圣皈依弥勒城，一园花树啸诗声。
长须飘逸千斤动，远目清巡万贯轻。
笔塔高标奇气度，骨碑留解大人生。
安贫反得真潇洒，不为虚名恰美名。

杨乔槐

三迤风雅

1947年生，楚雄州委党校原高级讲师。中华诗词学会会员，云南省诗词学会理事，楚雄州老年书画诗词协会原常务副会长兼秘书长。著有《彝州赋》《北窗诗文》。

昆明大观楼

滇海茫茫一水楼，登高远望景全收。
春来拂槛千株柳，秋去环空万点鸥。
寒士名联居冠首，达人题咏傲清流。
贤文更佐风光美，享誉神州三百秋。

崇圣寺

蒙段浮屠蠡洱苍，妙香之国史悠长。
九王衣钵继传递，六祖禅宗续阐扬。
兵燹无情多度废，人心有爱几回匡。
近年营造空前古，佛界称都泛圣光。

丽江虎跳峡

丽水南流忽转东，千寻深峡竟川通。
清江急下雷霆吼，峻岭安然雾雪濛。
神虎何时曾践迹？世人今日尚寻踪。
河山胜景任观赏，游客蚁行栈道中。

元谋土林

鬼斧神工天作成，多姿多彩令人惊。
撑空土柱化千象，夺路沙沟隐百城。
旧说常将荒废比，今言却以幻奇评。
纷纷游客来方外，拍照观光快意行。

鹧鸪天·昆明高峣升庵祠怀古

　　太史当年寓碧峣，胸中块垒暂时消。名僧拜访观
书画，诗友攀谈度昼宵。

　　思往事，看渔樵。海风劲荡远帆飘。回头且赋滇
云曲，留作春城万古谣。

杨志华

1947 年生，云南镇雄人，转业军人。中华诗词学会会员、云南省诗词学会原常务理事，云南省楹联学会会员，云南省南社研究会常务副会长，云南当代文学研究会常务理事。著有《杨志华诗集》三部。

登明珠塔观上海夜景

直上云梯观景台，居高俯远见蓬莱。
星光闪烁碧波里，点点游轮入眼开。

杨志国

云南巧家人，转业军人，现供职于云南红塔烟草（集团）昭通卷烟厂。云南省诗词学会会员，昭通市诗词学会代秘书长。

秋登凤凰山

东升红日染山秋，变幻霞光仙境流。

不是登高来得巧，焉能恣意立云头。

杨忠培

三迤风雅

1941年生，白族，云南剑川人，转业军人，经济师。云南省诗词学会会员，大理白族自治州老干部诗书画协会会员。

采桑子·洱河风貌（新韵）

白乡翁妪常晨练，姿态轻盈，尽展风情，曼舞轻歌绽笑容。

洱河两岸欢欣度，林翠花馨，百鸟争鸣，五彩云霞壮丽城。

杨宗远

云南彝良人，字元忠，号继愚，以字行。中华诗词学会诗教培训部进修班导师，中华诗词学会少数民族诗词工作委员会办公室主任，云南省诗词学会副会长，云南翠微吟社原社长，铭社发起人之一、原社长，《云南近现代诗词选》副主编。

七彩云南游乐园即事

也曾意气渺高岑，汲汲江湖转陆沉。
回首轻云三万里，不如还试少年心。

无题

竞夜何堪解聊萧，弹窗一二晚星迢。
忍将蹈海移山气，酒后灯前慰寂寥。

游建水朱家花园

亘古雕楼总姓朱，升沉人事岂堪殊。
百年多少熙熙客，不过当初一画图。

浣溪沙

逞此蛮天一宿寒，依稀冰枕记清欢。淡烟新泛小庭轩。

孤睡觉来香约略，旧游看处鸟间关。片冰叠雪忆前番。

菩萨蛮·上班途中

春寒脉脉凝春水，通衢一霎车尘起。人各逐朝暾，匆匆俱没尘。

相逢多不语，倩影随车去。都是客中身，休添梦里痕。

杨绍恭

三迤风雅

1972 年生，白族，云南洱源人，云南文化艺术职业学院副教授。中华诗词学会会员，云南省诗词学会理事，云南省书法家协会会员，昆明书法家协会理事。

蓝花楹

一城花事一春忙，看罢樱纷问海棠。

许是东君嫌色少，长街且作染衣坊。

敬颂张文勋先生 95 寿

期颐笑望凤歌吟，山斗文章赤子心。

娓娓乡音何未改？先生本是故家邻。

白家炊晚

柴火生烟新起灶，花椒柳叶佐馨香。

农家腊酒人间味，最是泥鳅白芋汤。

杨荣兴

三迤风雅

1964 年生，曾任昭阳区公安分局副局长，昭阳区公安分局党委副书记、纪委书记等职。

渔洞春晓

诗友频临地，花溪淑气清。
柳丝河岸绿，小鸟树间鸣。
雨润山川秀，泉流玉佩声。
世间名利远，坐看白云升。

杨柏森

1943 年出生，云南昆明人。中华诗词学会会员，云南省诗词学会常务理事，云南毛泽东诗词研究会常务理事，云南省老干部诗词协会顾问。

访松山抗日战场

十里方圆血染红，今来却见郁葱葱。
敢问勇士魂何处，化作戍边千万松。

昆明谷律乡探幽

车泊江边闻雉啼，似邀游客过桥西。
林幽藤老巉岩断，岚绕溪回小径崎。
驻足偷窥蚁争食，抬头暗羡隼忘机。
村姑不粉天生俊，争奈时人重锦衣。

鹧鸪天·邂逅

二月螺峰春意浓，樱张笑口海棠红。不经意处薰风至，方忆卿时幽径逢。

霜染鬓，手搀笻。如烟往事破尘封。螺峰岁岁花相似，惟见赏花人不同。

鹧鸪天·欣闻六百余中国远征军遗骸归国

大好河山面目非，岂容倭寇兽蹄摧。一腔铁血丹心涌，万里狼烟白骨堆。

还故里，竖新碑。英魂漂泊喜迎归。终捐门户除偏见，醇酒乡亲热泪飞。

杨继顺

1985 年生，苗族，云南武定人，供职于陕西国际商贸学院马克思主义学院，云南省诗词学会会员。

游翠湖

半映青山半映云，天光云影倍思君。

那回烟柳君难见，化作春鸢追雁群。

杨逢春

中华诗词学会、云南省诗词学会、楚雄州作家协会会员。《楚雄诗词》《楚老翰墨》编委，作品发表于《诗词》《星星诗词》《云南诗词》等，著有诗文集《披梦而行》。

游抚仙湖留韵

湖静霓歌涌，琉璃覆魄渊。

锦鳞明鉴画，野鹤翠霞翩。

芳甸春情动，银滩绮梦眠。

栖身三五日，羽驾化灵仙。

杨敬先

三迤风雅

云南禄丰人，高级工程师。中国通俗文艺研究会会员，云南省诗词学会会员，著有《静轩诗笺》《沧浪琅井》。

登紫溪山

鸟音追趣密林中，拄石攀岩登险峰。

万壑松涛掀碧浪，山茶带雪胜霞红。

杨善称

1931 年生，云南凤庆人，毕业于西南政法大学，曾供职于云南省人民检察院。云南省诗词学会会员。

忆秦娥·滇池月

春城别，回眸但见山重叠。山重叠，绵绵思绪，愁肠百结。

芳容再现心飞越，大观楼外滇池月。滇池月，良辰美景，世人称绝。

杨照昌

白族，云南云龙人。曾任云龙县委宣传部部长，大理州文联常务副主席，云南省艺术学校副校长，省文化厅职工大学党总支书记。中华诗词学会会员。

鹧鸪天·题古筝手

古韵悠悠味自真，连环十指舞弦频。凝眉疾目秋波秀，循谱拨丝仪态殷。

心若镜，曲含春。梦牵魂绕已难分。声情并茂云天外，定是仙家不染尘。

鹧鸪天·题琵琶手

礼乐之邦重管弦，自弹自唱自欣然。正襟危坐行清韵，逸性安神赋雅娴。

情切切，韵翩翩。清词丽曲漫回栏。临场悟得飞天趣，反奏琵琶玉指旋。

杨德云

云南省诗词学会、云南省楹联学会、云南传统文化研究会常务理事。曾任中央民族大学客座教授，北京师范大学、云南艺术学院外聘教师，北京海淀区首届诗词吟诵学会副会长。

昌黎抒怀

往事千年入梦魂，秋风萧瑟几晨昏。
挥鞭魏武诗尤壮，载道韩文潮涌奔。
放目有心追日月，开怀随意揽乾坤。
如今我到秦皇岛，更寄豪情沧海存。

忆飞虎队

敌焰汹汹举世灾，群机滥炸我民哀。
祥云队里排飞虎，丽日空中揍恶豺。
天上炮轰贼羽落，地头锣响众颜开。
抗争莫忘千朋助，须虑倭妖再度来。

望海潮·会泽金钟山怀古

　　金钟山上，眼前常见，繁荣会泽风光。观史百年，中华动荡，敌强我弱民殃。北伐战疆场，废清朝统治，建国兴邦。举世欢欣，同期万代共安康。

　　忽然帝制重谈，赞唐公首义，八省征猖。一旦功成，昌文讲武，架桥筑路通航。往事尽沧桑，令家乡学子，辈辈昂扬。寄语人生，心存社稷业辉煌。

卜算子·养生歌

　　常解友人忧，莫记他人恶。粗茶淡饭健身多，勿恋仙丹药。

　　天地阔心胸，且爱山林乐。不因名利惹闲愁，自是云中鹤。

杨德辉

　　1944 年生，云南会泽人，中华诗词学会、中国楹联学会、中国诗歌学会会员，云南省诗词学会学术委员，云南省楹联学会副会长，云南省老干部诗词协会及云南省毛泽东诗词研究会顾问，春蚕诗社社长。

赞昆明掌鸠河引水工程

豪情腾日月，一坝夺天工。

绿水琉璃碧，青山翡翠雄。

益民千百万，济世夏春冬。

总以人为本，生机汇大同。

冬日早起健身

闻鸡起舞自多情，吐纳从容在五更。

残月一钩莹雾影，枯桐几树醒风声。

身常运动才知健，心少贪求即见平。

放眼晴空浑似梦，但迎旭日一轮明。

鹧鸪天·侍随九旬老母郊游

碧水蓝天绿草芳，远山淡托嫩朝阳。白云簇拥奔腾疾，翠鸟盘旋嬉戏忙。

烦恼弃，怨愁忘。轻盈不觉路弯长。多情最是清风朗，爽我龙钟白发娘。

浪淘沙·金沙江远眺

伸展自从容，愤懑蛟龙。惊呆夹岸数千峰。万载豪情流不尽，侠义心胸。

世事与其同，激荡汹汹。动中含意本无穷。岁月潇潇来去急，南北西东。

满庭芳·昆明翠湖看海鸥

烟水漾洄，半湖浪翠，波涛初染晨晖。呼应嬉逐，振翅竞相追。腾越如云似雾，流韵涌、瞻顾徘徊。清风白，几番潇洒，素魄满天飞。

幽微。千里外，温馨绮梦，唯盼春归。愿天上人间，共享芳菲。骤使春城妩媚，性澄澈、情愫轻随。阳光灿，翩翩倩影，爱意暖心扉。

杨灏武

三迤风雅

（1936-2022），云南鹤庆人，高级工程师。中华诗词学
会会员，云南省诗词学会理事，云南省老干部诗词协会特聘常
务理事。《曲靖历代诗词选》主编，著有《丹枫集》《听雨轩
韵稿》《云鹤纵吟》。获"云南诗词贡献奖"。

苍山清碧溪

苍山绿绮横，鸟语夹泉鸣。
薄雾侵衣湿，岚光逐壑盈。
天悬双嶂挂，岫挂一溪清。
落落乾坤小，潺湲系客情。

车行高黎贡山

驱车直上高黎贡，曲折回旋易暑寒。
天助纱绢妆树杪，云携急雨净尘峦。
香风剪剪青枝荡，木叶森森翠羽安。
无定阴晴无定景，娜嬛仙域此中看。

剑川石钟山宝相寺

岩唇欲坠白云粘，趁势横空构绮檐。
寺隐危崖生宝相，瀑湔玉骨展新缣。
猿声阵阵啼高树，鸟语啾啾宿绿帘。
石老溪清空谷静，天人合一自安恬。

翠屏山

灵璧嵯峨翠嶂悬，环城绕郭拄长天。
乃冬乃夏常涵绿，或雨或晴时带烟。
隙泻银潢芳甸灌，风摇密树暗香传。
鸡声鸟语融清籁，妙境宜心寄意拳。

木棉花

熏风荡漾木棉开，烈火燃霞春梦徊。
天际皴红文锦灿，池中照影彩云偎。
淡烟弥漫香环槛，枝干嶙峋月映台。
几度琴心曾有约，此时依旧两相陪。

吴楷柏

三迤风雅

1961 年生，云南会泽人，会泽县委党校高级讲师，云南省诗词学会会员，春蚕诗社理事及会泽分社副社长。

题寻甸柯渡红军长征纪念馆

远征奔袭运筹忙，星夜兼程施锦囊。
济济元戎弥大勇，隘津飞渡化祯祥。

邱怀珠

女，1940年生，云南临沧人，中华诗词学会会员，云南省诗词学会会员，云南省老干部诗词协会、云南省南社研究会理事，临沧市诗词协会会员。著有《浪花集》。

虞美人·赏月吟

少年赏月沧江畔，闪灼群星灿。中年赏月在春城，苦乐艰辛望子学研精。

而今赏月西楼上，百草千花放。韶华似水晚情浓，坐看白云舒卷过苍穹。

鹧鸪天·中秋

望断烟霞云岭长，窗前把酒赏秋芳。思亲每是团圆夜，词赋多从感慨昌。

思绪涌，步回廊。飘香篱菊傲寒霜。苍颜鹤发春秋去，永忆萦怀是故乡。

何山

三迤风雅

1967 年生于重庆，籍贯云南会泽。云南省诗词学会会员，昆明市书法家协会会员，春萌诗社社员。

春山忘归（新韵）

雾锁西山岭，青丝柳叶垂。

春溪穿壑险，古径过崖危。

惊鸟翻风起，禅钟落日随。

登高云外远，秘境不思归。

清平乐·随缘

花开又落，忧怨无人托。惯看人情如纸薄，惟有清心淡泊。

行舟江隐长天，路遥万里随缘。一枕黄粱颜老，九衢尘世偷闲。

何中峡

1988 年生，云南曲靖人，现供职于昆明轨道集团公司。云南省诗词学会会员，云南省红楼梦学会会员。

题小院花圃

惜花栽小院，自做赏花人。
愿变花家吏，花开四季春。

咏家乡

花山白浪水粼粼，孕育乾坤鹿鹤春。
交水古今何处是，罗山中外有贤人。

何克振

　　1937 年生于江苏海门，毕业于上海同济大学铁道建筑系，高级工程师。云南省诗词学会原副会长，云南省诗词学会顾问。

剩烛吟

毫光乏力梦多奇，垂泪无声似有期。
为叫黑时添喜悦，余身化尽作香泥。

无题

花开子结蝶来迟，犹是依依绕绿枝。
空有怜香心一片，春光逝去已多时。

观海

摘朵浪花兜里藏，敞开衣袖海风装。
潮音鸟语抓千把，都是清心解暑汤。

西江月·游狼山江边公园

万里长江远去，惊涛飞卷流霞。夕阳帆影挂天涯，数点闲鸥轻下。

遥想千年江底，几多折戟沉沙。鱼龙变幻尽昙花，唯有青山如画。

鹧鸪天·待月

溪自潺湲柳自垂，绿荫铺过石桥西。真能对影成三客，也拟临风醉一回。

心上事，道些微，婵娟不必笑须眉。人间万事俱寥落，只有痴心未肯灰。

何忠

1968年生，笔名伏桥，高级记者，现供职于昆明广播电视台。云南省诗词学会副秘书长，作品发表于《中华诗词》《云南诗词》等。

端午有感

骚韵飞花远，离歌断旧弦。
忽怜忠谠意，汨水白云笺。

金殿观某公地书杜甫《茅屋为秋风所破歌》

鹦鹉春深处，先生作地书。
鱼龙跃云影，龟象落丘墟。
水印虽明灭，风神亦卷舒。
数行秋圃冷，热血慰贫居。

题会泽江西会馆

嘉靖良泉铸通宝，堂琅铜洗汉铭身。
边城故馆会豪贾，万寿清宫泽远钧。
空看妆楼天地小，细闻管乐古今新。
早成名句悬台壁，每读珠联醒梦人。

夜观庭院京韵剧《闻一多》

屈子遗音驻北门，高贤义士古风存。
妻儿饥馁情逾怯，兄弟牺牲神未惛。
死水微澜驱鬼影，红妆尽瘁耀诗魂。
至公犹响激昂语，舍我一多垂后昆。

何宗联

三迤风雅

　　1954年生，武警普洱支队原副政委、纪委书记，转业后任中国电信普洱分公司党委副书记等职。云南省诗词学会、云南省作家协会、云南省摄影家协会会员，普洱市诗词楹联协会副主席，普洱市延安精神研究会副会长，《普延》主编。

游班章古茶村

野村游客聚，茶气满新房。

入户青峰秀，知音紫燕祥。

风摇千果美，日映百花香。

盛世喜圆梦，山民步小康。

墨江风光（新韵）

哀牢山似巨龙腾，古邑他郎气势增。

滚滚河传交响曲，叠叠瀑系彩虹情。

万只归燕三秋恋，百对双胞举世惊。

丽日转身叹无影，游人归去梦魂萦。

何韬

号传石山房。中华诗词学会会员，云南省诗词学会会员，中国诗书画研究会云南分会会员，昆明市书法家协会会员，东川区古铜印社社员。

春兴

何处香风山径远，一园艳雪草堂前。
世途自在无忧虑，春日悠然少事牵。
水碧沿堤如梦景，桃红隔岸不知源。
独怜鸟影惊花去，共醉霞光芳树边。

禅茶

香浮无不伴闲居，茶沸常随一卷书。
舌底同倾流润玉，枝头觅得碧垂珠。
身和岁月花添露，笑对人生春满壶。
如此烟霞成片叶，几番草木气方苏。

余庆廷

三迤风雅

1948 年生于云南通海，曾供职于通海县广播电视局。中华诗词学会、云南省诗词学会理事，中国楹联学会理事，云南省楹联学会副会长，现任玉溪市诗联学会会长。

贺云南省诗词学会成立三十周年

回望文坛三十年，滇云啸傲几家先？
频来此地沽诗酒，好往他乡洗貌颜。
曲水流觞千客醉，清溪碧玉万歌甜。
蘸情笔吐心头话，喜与诸君结胜缘。

赞文元有

一抹丹霞缀汉空，滇云添色势丰隆。
书山墨海元红塔，诗骨联魂有绿峰。
巧借东风弘玉翠，善凭春雨沛溪彤。
先生忘我堪耆老，心系文坛耄耋功。

八声甘州·纪念抗日战争胜利 70 周年

忆风云甲午几多年，惆怅望神州。痛山河破碎，无方御敌，夙愿难酬。摇撼心旌未淡，贼又犯卢沟。生命遭涂炭，万户长愁。

看我黄河咆哮，更长城怒吼，敌忾同仇。尽十四年抗战，热血固金瓯。笑东倭，无端败寇，再嚣张，忘谢罪低头。倾国愤，攥同心手，未雨绸缪。

沁园春·改革开放礼赞

旷世春风，浩荡峥嵘，国祚绮虹。有名贤柱世，群英拓道；箴言致理，百业争雄。大策恒昌，鸿谋靖世，众志成城撼九重。惊宇内，喜神州筑梦，伟绩丰功。

如今万里音同。襄国是、天新跃虎龙。更江山铁壁，千秋达畅；汉唐丝路，一带恢宏。设酒同觞，植花共赏，举世欢欣颂大风。开盛况，看八方和唱，四海皆朋。

诉衷情·夕照缘

秉烛畅意遣流年，谁料委身先。拈来几句心稿，恐又笑方圆。

匡艺苑，腹难闲，梦中甜。此生何憾，得失无牵，只为诗缘。

余腾松

三迤风雅

云南威信人，现任昭通市博物馆馆长，云南省诗词学会会员，昭通市诗词学会副秘书长，著有《北窗诗词甲稿》。

访龙氏家祠

风霜拂去焕雕梁，祠下荷花隔世香。
莫道功名今已葬，一方别院隐龙骧。

昭麻高速道中

一河浪破数关雄，五尺道荒高速通。
长隧灯辉穿地腹，大桥雾绕出天空。
若蛇叠岭千重秀，如箭轻车四面风。
北往南来多少客，今朝谁不叹神工。

小草坝游记

◎ 一

山行移步览风姿，光影迷离难自持。
银瀑声翻交响乐，绿桐涛唱竹枝词。
林深信有仙人住，壑渺疑将鹿迹遗。
秘境无穷天欲晚，悠游半日不知疲。

◎ 二

青纱笼面似含羞，且候晴岚豁远眸。
十里清溪红叶积，千层岭浪淡烟浮。
绝胜灵药天麻肉，最是奇观骏马头。
梦底为君多少意，相逢一笑涤人愁。

汪聪

三迤风雅

云南镇雄人，《鸡鸣诗苑》副主编，镇雄诗词学会副秘书长。合著《闲庭漫吟》，著有《小溪幽草》。

八十抒怀

不觉行年八十秋，吟诗作对乐悠悠。

东篱采菊欣陶令，驿外观梅恨陆游。

起舞闻鸡何畏苦，挥毫泼墨更无忧。

书中情趣谁知晓，明月寒星结伴俦。

沙聪

回族，云南大理人，云南省诗词学会会员，云南省老干部诗词协会常务理事，有作品载入《中国当代诗词艺术家年鉴暨历年精品荟萃》。

木兰花慢·游亚洲花都

阅湖东百卉，自陶醉，赏天仙。恰彩蝶争奇，牡丹媲美，群菊蹁跹。夫兰，英姿倾国，惬香飘四海上峰巅。惊醒千秋睡女，喜书壮丽诗篇。

思源，灿烂卅年。开放咏，百龙旋。接雨霖紫气，剑兰伊始，交易馨鲜。花田，万宾忘返，策银鹏三刻送香莲。谁酿繁花美景？众芳怎上高天？

宋正铎

三迤风雅

1940 年生，云南镇雄人，镇雄师范学校教师，中华诗词学会、云南省诗词学会、昭通市诗词学会会员。

宿楚雄鹿城

垂杨紫陌鹿城东，傍晚来临眺远空。
霞骋苍穹邀皓月，桥横幽谷对清风。
疏钟破寂传天外，渔火燃明映水中。
闪烁青灯慈善寺，梵音袅袅意无穷。

宋丽萍

三迤风雅

女，1957 年生，云南昆明人，当过知青、工人、干部。

昆明古刹筇竹寺（新韵）

暮鼓晨钟静坐禅，慈心定慧面佛龛。

苍天老树新枝展，净地筇竹古庙瞻。

大道无私通妙语，仙途有化悟机玄。

犀牛表异莲花动，白象呈祥紫气旋。

宋炳龙

1957 年生，仅上过两年半小学。中国作家协会会员，中华诗词学会会员，云南省诗词学会理事，著有诗集《不鸣居诗钞》，诗词作品发表于《中华诗词》等。

密支那思乡吟

西来异域万重山，人地生疏涉世难。
白日思乡常问酒，长空红日也孤单。

大理洱源西湖

夕照明霞向晚开，青青苇岛水迂回。
竹篙点破胭脂镜，划进西湖梦里来。

渔家傲·洱海渔姑

放出轻舟杨柳岸，晨风未醒雄鸡唤。桡片悠悠划水面，星星乱，水中鱼跳船舱畔。

渐渐碧波明似鉴，网开撒下银丝线。满载而归心灿烂，云霞现，海空铺满桃花瓣。

渔家傲·烟雨周庄

　　水巷穿梭临古院，柳绦夹岸舞丝缎。风荡涟漪天绮散，舱里面，吴歌软语牵心唤。

　　船女抒情歌浪漫，声音缭绕烟云乱。雨伞缤纷齐展现，如梦幻，百花绽放河桥畔。

浪淘沙·游吐鲁番葡萄沟

　　藤蔓送清幽，小鸟啾啾。香风缕缕顺沟流。成串珍珠留眼里，几步回头。

　　少女舞丝绸，曼妙轻柔。琴弦声里展歌喉。酥手斟杯佳酿酒，妩媚娇羞。

张煦

三迤风雅

1945年生于云南鹤庆，曾供职于以礼河工程局、以礼河电厂、会泽县以礼河联合学校等。云南省诗词学会会员。

张问德歌

天地存正气，世代有传承。百年屈辱史，板荡识忠诚。腾冲张问德，抗日一亮星。少年读圣贤，长成骨铮铮。日寇侵腾时，疆防无官兵。驻军悄悄退，县长亦遁形。国难民无主，翁逾花甲龄。临危任县职，百姓感其情。只手擎国旗，藤条杖随身。八越高黎贡，六渡怒江津。四次反扫荡，腾北聚菁英。日酋姓田岛，技穷隐狰狞。妄借商谈计，毁我斗士心。张公如椽笔，回书气凌云。据实斥罪行，词婉大义伸。田岛哑无言，留此成铁证。日本今右派，阴为鬼敷粉。读过问德书，识耻口当噤。宾王檄内战，张公抗外侵。应选教科书，千古一雄文。沦陷区县长，问德第一人。寇命如所言，丹心裕后昆。国土光复后，挂冠复躬耕。功德超鲁连，中华民族兴。

注：张问德（1881—1957），字崇仁，腾冲县人。1942年夏，日寇占腾。张问德受命出任"县已不县"的腾冲县长，不顾一切地投入保家卫国的艰苦征程。在腾北界头、曲石一带组建起了战时县政府和腾西北抗日前方根据地。全国解放后，曾任德宏州政协常委。病逝后，州政协题旌"忠恫千秋"。

张士龙

1945 年生于昆明，云南省人大常委会办公厅原副主任。云南省诗词学会常务理事，有多部作品出版。

访三峡

想你五千年，肝肠万里牵。
巫山银浪上，白帝彩云间。
醉眼一如梦，销魂几欲癫。
情随大江涌，水拍断崖悬。

早春农家院

冬云散尽碧空澄，慵懒春阳眼半睁。
昨夜催犁烟雨细，静听新笋拱泥声。

饮山中农家

粉墙青瓦白云中，满岭核桃荞酒红。
我醉欲邀山送我，秋山醉意比人浓。

云

晓日凝魂起大洋，纵横舒卷上穹苍。

浅描秋夜偎新月，浓抹冬晨罩大荒。

漠北催花牵皓雪，江南弄柳润青秧。

谁言万里无居所，雨脚轻停是故乡。

野象北巡歌

阳光炙热雨丰沛，高树入云灌草美。版纳箐深野象栖，饮食无忧天人馈。却叹山民天薄情，苦耕陡坡少收成。层峦叠嶂锁村寨，沽油买盐路难行。汗砸黄土撸起袖，铺路架桥一双手。更种橡胶和砂仁，孜孜矻矻与穷斗。山未增厚地未宽，人象俱兴丁口添。忽有头象发奇想，欲觅新居向北迁。过县穿州千里路，搧耳卷鼻特跋扈。大嚼甘蔗踏蔗田，饱食青苗毁畎亩。投粮让路多少人，操持侍候一片心。日夜护君南归去，雨林故土好栖身。更有版纳众父老，翘首盼君候山坳。象兮归来细安排，竹楼富足山有草。欲罢长歌意未平，还请时人洗耳听。莫责父老偏怜象，父老衣食更关情。举国脱贫迈大步，誓言不能落一族。天道中和八极平，人象相安不抵触。维护山民发展权，人象方能永和睦。

张玉清

1946 年生，湖南永州人，工程师。中华诗词学会会员，云南省诗词学会会员。

滇缅公路保卫战

祸起东瀛觊上邦，烧杀抢掠犯天疆。
舍生忘死行车短，居险临危护路长。
布阵陪都无后顾，鏖兵境外更弦张。
横山福地旌旗乱，落败滇边叹大洋。

张官能

三迤风雅

1956 年生于丘北县，白族，丘北县委史志办原编辑。文山州诗词楹联学会常务理事，丘北县诗词楹联学会会长。

普者黑新貌（新韵）

高楼矗立赛金台，马路新城向未来。

燕舞堤边春柳荡，鱼飞波上夏莲开。

动车隧道穿苗岭，壮寨学堂育俊才。

盛世尧天辉日月，党恩浩荡记心怀。

张仙权

1979 年生，白族，云南云龙人，在职公务员，中华诗词学会原理事，云南省诗词学会原常务副会长，云南省作家协会会员，云南省秘书学会会员。

顺荡彩凤桥

幽壑江何急，桥连万里心。
鸟喧天地暮，坐忘夜来深。

中秋即事

人闲荒草盛，雨细桂花香。
白发非多事，秋灯旧梦长。

棋盘山

云霞浮桂殿，松翠湿青衣。
逸兴棋盘远，山中无是非。

海晏村

舟歇人去后，海阔鸟飞徐。
古泊经风雨，浮华付子虚。

景迈山

长途风雨后，畅饮半山茶。
呓语随天籁，多情月下花。

张先廷

三迤风雅

1962 年生，云南会泽人，高级兽医师，云南省诗词学会、云南省书法家协会、云南省楹联学会会员，古铜印社理事。

次韵朱籍先生游金钟山

细雨驱微暑，神怡未觉寒。

评联胜碧玉，怀义赛金兰。

山静闻花语，宫深听鸟欢。

不醪人已醉，诗兴寄毫端。

丙申冬智鹏家中雅集

满天秋色胜春光，书友相逢话久长。

万卷藏书滋老眼，千枝健笔润兰堂。

红茶一盏驱寒意，清酒三杯洗俗肠。

我辈皆非肉食者，平生只醉砚池旁。

庚子初秋登鸡足山金顶

仙山无处不氤氲，碧玉连珠接九垠。

抛却尘心归淡境，一声梵呗扫浮云。

青玉案·疫后登青云山赏万亩桃花

　　放怀直上青云路，尽满目，车相阻。二月江山春几许？春光千树。春光千树，八面春风舞。

　　桃花满树桃花雨，新笔难书旧时句。愿得人间春处处，春红无数。春红无数，四海同春住！

张红彬

三迤风雅

女，1952 年生，云南通海人。中国楹联学会、云南省楹联学会、云南省诗词学会会员，玉溪市诗联学会会员，新平县老年诗书画协会、楹联学会理事。

银杏咏春（新韵）

东风拂煦悄声发，野望秃株见嫩芽。
昨日君来无色彩，今朝玉扇满枝桠。

三迤风雅

张丽华

女，1946年生，云南昆明人。曾供职于昆明刃具工贸有限公司。中华诗词学会、云南省诗词学会、云南省老干部诗词协会会员。诗词作品散见《行走云南·我为滇狂》《云南诗词》《滇老诗苑》等。著有诗词集《鹤子心语》。

吟春

云岭春来早，邀朋赏景时。
游蜂亲柳絮，戏蝶恋花枝。
水暖鸳双戏，天青云百姿。
连篇佳句涌，缀玉令人痴。

浪淘沙·自慰

窗外雨潺潺，已是更残。凝思不晓月光寒。搜句作诗书桌上，得句狂欢。

且自把心宽，泪莫轻弹。诗书画印寄情安。烦恼欣然成往事，春到人间。

鹧鸪天·触景

漫步湖边听紫箫，清风拂面忆思遥。当年双影观荷处，今却独身立断桥。

舒翠叶，舞荷腰，一泓碧水伴多娇。相思万缕难挥去，今世难将心上消。

张蓁

1928 年生，云南大姚人，字西苓。中华诗词学会会员，云南省诗词学会理事，云南省楹联学会原常务理事，楚雄诗词楹联学会副会长，《楚雄诗词》主编，大姚县石羊诗书画协会名誉会长。著有《柳丝集》《苍松集》《梅影集》。

寄友人

友人分别四十余年后，忽来信。

渴盼重逢卅载同，春城一别太匆匆。
常怀双塔谈心路，犹忆翠湖赏月中。
岁月无情人已老，关山万里信难通。
同窗旧事犹如梦，化作清风伴彩虹。

行香子·春

怒放梅花，缕缕暗香。东风起，报与群芳。天涯芳草，遍地春光。赖天之灵，地之水，人之襄。

春回大地，华夏欢狂。看枝头，桃李艳妆。千红万紫，舞动霓裳。愿科技新，人民富，国运昌。

行香子·秋

荷褪池塘，枫裹红妆。西风紧，满地铺霜。风飘落叶，簌簌身旁。看篱边菊，天边月，路边霜。

雁声阵阵，大地金黄。满眼是，南国秋光。登高临远，望断重岗。正雁影残，云天碧，桂枝香。

张镇东

1937 年生，云南会泽人，中华诗词学会、云南省诗词学会会员，曾任云南省楹联学会副会长，春蚕诗社副社长，2016 年被云南省诗词学会授予"云南诗词贡献奖"。著有诗联作品、诗联评论集《竹音集》《竹探星空》等，合著有《诗词对联读写知识》《中华经典古诗选读》。

西山区五家堆湿地公园

人过拱桥西，群花欲放齐。
水清潭石瘦，竹嫩笋芽稀。
波影浮新柳，松风拂绿衣。
小洲生瑞气，群鸟四方啼。

掌鸠河引水工程

掌鸠享盛名，今日喜亲行。
禄劝峰皆叠，云龙浪不惊。
林深山色翠，树茂水源清。
百里青龙舞，山泉入省城。

陇兆麟

三迤风雅

1941 年生于云南省镇雄县，彝族。中华诗词学会、中国楹联学会、云南省诗词学会会员。首届全国书香之家，传略入云南省青少年励志丛书《云岭骄子》，获首批云南省诗词贡献奖和当代云南楹联艺术家奖。

丁丑元日抒怀

彭祖长生迹杳然，诗翁太白早居天。
文韬武略眼前散，画栋雕梁梦里迁。
逐利追名自作茧，粗衣淡饭可延年。
何须更做黄粱梦，活到无愁便是仙。

隐贤村居

隐贤松柏傍门栽，小院花红映绿苔。
倚枕无闻车马响，举头正视雁鸿来。
蓬莱梦得周公礼，南亩诗成屈子才。
世事沧桑无我问，贻谋祖训训儿侪。

中台禅寺

青龙白虎各生光，佛法无边降吉祥。
古寺疏钟惊岁月，香尘净土显安详。
石阶佛迹丝丝隐，鱼鼓梵经处处扬。
壁上箴言千百句，慈悲两字乃为纲。

陇耀伦

三迤风雅

1930年生于云南镇雄，彝族，字彝芥。中华诗词学会会员，云南省诗词学会会员，云南省楹联学会研究员，云南省南社研究会编辑。

昆明海埂民族村

海变田畴田变村，沧桑几易物华新。
匠心托出苍山景，巧手牵来版纳春。
民族风情新院落，人文志趣美园林。
当年海屿螺洲处，绿叠红重醉路人。

陈云飞

1945 年生，云南曲靖人。中华诗词学会、中国楹联学会会员，中国楹联文化研究院研究员，云南省诗词学会常务理事，云南省楹联学会副会长，曲靖市佛教协会特聘文化顾问。著有《励志堂吟稿》《续励志堂吟稿》《三续励志堂吟稿》等。

咏梅

又见梅花傲雪开，冷风穿袖暗香来。
冰肌玉骨春先透，月地云阶韵自裁。
彩蝶无缘呈异致，胭脂一抹绝尘埃。
含情脉脉撩诗客，偷折芳枝伴砚台。

冬夜感怀

青春弃我岁蹉跎，大梦醒来白发多。
历劫十年归一笑，穷愁半世作千磨。
阳回喜唱匡时曲，冻解豪吟正气歌。
足食丰衣心自得，雕龙绣虎效东坡。

贺新郎·结婚 50 周年感言

风雨人生路。忆当年，云翻浪涌，同舟共渡。记得盘江初相识，一见倾心相许，从此后，冷暖相护。戴月披星形共影，奉高堂朝夕乌私哺，似劳燕，长相顾。

镜中老态浑非故。惜流光，挽春难驻，暗伤春暮。昔日山盟终不改，海誓依然铁铸。无怨悔，更催筇鼓。绕膝有孙天伦乐，体心安，瑞气盈朱户。偕百岁，共归宿。

陈达兴

三迤风雅

1972年生，云南省诗词学会、临沧市诗词协会会员。作品散见于《云南诗词》《诗词月刊》《临沧诗词》等刊物。著有诗词集《至善心声》待梓。

茶乡吟

高冈丽影嘉，无意采春花。

快手分余叶，精心摘一芽。

茗香飘海外，神韵醉中华。

傍晚归来处，千山漫彩霞。

陈兆彩

1945 年生，云南会泽人，字梦笔。云南省诗词学会会员。主编《娜姑区概况》，著有《娜姑镇文物志》。

东上小江老鹰岩有题

万仞乌蒙称至险，千寻羊径上危岩。

惊心断壁回头惧，触目深渊迈步难。

逼面流沙吞旧路，擦身巨石啸寒烟。

人间自信有才识，天堑坦途进碧山。

陈守海

三迤风雅

1952年生，山东龙口人，中华诗词学会会员，云南省诗词学会会员，楚雄市诗词楹联学会副主席，楚雄州老年书画诗词协会副会长。

鹧鸪天·清明思亲

细雨轻飘裹冷风，清明祭祖九州同。坟前果品鲜花献，往事浮萦脑海中。

思笑貌，忆慈容。难忘父母大恩隆。阴阳虽隔心声寄，告慰天灵两界通。

陈安民

三迤风雅

1938 年生于贵州省湄潭县，曾供职于昆明电业局、中国水电第十四工程局等。

雨后荷花

仙子出湖施粉香，黄蜂更助巧梳妆。

红颜新雨清风后，怎不教人想断肠。

沁园春·彩云之南

红枫染彩，银杏铺金，山色横秋。喜千村远近，农家忙碌；一江弯拐，田稻丰收。菊韵盈窗，桂香飘苑，闲望斜阳吻小楼。鸡声脆，啼炊烟正起，直上云头。

几多远客来游，道不尽沧桑岁月悠。有杨慎戍边，髯翁不仕；松坡护国，卢汉藏柔。最是春城，得天独厚，岁岁飞来红嘴鸥。边陲美，更彩云南现，丽我神州！

陈坤

　　重庆人，网名闲啜风云。就职于云南省西双版纳傣族自治州建筑规划设计研究院，结构设计高级工程师。中华诗词学会会员，云南省诗词学会理事。

春雨

沾衣欲湿杏花天，垂柳丝丝又弄烟。
雾绕云浮山戴帽，笠青簑绿桨移船。
海棠枝上犹流泪，鹁鸠声中初备田。
岭半楼台孰家女，焚香临槛正调弦。

望乡

岭外白云长不流，不知何故把身囚。
相思犹似螺旋线，渐远渐开无尽头。

思远人·冬晨

　　波冷江清飞白荻，飘泊似归客。更千山木落，涓流奔远，情思怎禁得。

　　草枯树兀霜成滴，湿若未干墨。恍画里置身，立茫然处，无边是寒色。

陈海洋

笔名云下吟唱，蜀人居滇，转业军人。云南省诗词学会理事，云南翠微吟社社长。

夜宿中越边境小镇

百年恩怨总难分，息尽炮声鸡犬闻。
两岸春山灯火暖，相逢只隔一溪云。

田园

◎ 一

顽童放学不归家，蝴蝶飞来共逐花。
隔院蜻蜓枝上立，慢伸小手过篱笆。

◎ 二

春风胜日满吹怀，斑鬓萧疏莫许哀。
一自身从花下过，便教蝴蝶逐人来。

己亥生日逢雨送客高铁站

江湖徙倚宿南疆，半百风尘合鬓霜。
浮世清欢怜客路，各披烟雨入苍茫。

菩萨蛮·红豆

老来怕看相思树，殷红早把多情误。一粒箧中藏，开箱泪两行。

更无人海迹，犹向瑶山立。沧海月明时，沉吟君不知。

陈清华

1944年生，云南永善人。曾任东川市（区）政协文史委主任。云南省诗词学会、云南省楹联学会会员，东川春蚕诗社常务理事，《春蚕诗词》编辑。昆明市老干部诗词协会会员。

怀念母亲

慈母一生境遇差，长年总是着粗纱。
含辛茹苦育儿女，浃背汗流耘豆麻。
勤俭持家亲友服，和祥笑靥比邻夸。
为儿噙泪追思远，唯见晴空一朵霞。

邵可勤

女，1944年生，辽宁锦州人。中华诗词学会会员，云南省诗词学会办公室原主任，云南省老干部诗词协会常务理事，曾任《老兵诗刊》常务副主编。

参加《中华诗词》杂志社"金秋笔会"感言

阳光沐我走京华，幸会亲朋仰大家。
巧借春风革新面，登高放眼望天涯。

画堂春·游昆明大观楼

千秋怀抱酒三盅，云山万里融融。诗言难尽面苍穹，一派葱茏。

滇水悠悠浩瀚，长堤纤柳摇风。惊涛拍岸意无穷，几度从容。

江城子·滇西抗战英烈祭

九千英烈业昭彰。卫南疆，赶豺狼。强渡怒江，血染万松岗。惨烈龙陵兵血战，残酷极，为国殇！

雄师乘胜逐东洋。气轩昂，慨而慷。收复腾龙，疆土复荣光。祭祀今朝怀国士，悲壮史，岂能忘！

注：腾龙，指腾冲、龙陵、芒市等几个边疆城市。

武淑莲

女，云南大姚县人，中华诗词学会会员，云南省诗词学会会员，大姚诗词楹联学会常务理事，石羊诗词书画协会副主席兼秘书长，青莲诗社副社长。作品见于《楚雄诗词楹联》《石羊诗词书画集》等。

清平乐·秋夜独酌

幽香一路，丹桂迎风舞。满月清晖花独语，阅尽人间无数。

举杯遥望苍穹，荷塘秋色朦胧。柳下琴声悠远，引来心事重重。

浣溪沙·夏日荷韵

淡淡莲香醉夕阳，绿盘托起粉红裳。多情碧柳拂荷塘。

蛙唱清歌鱼起舞，鸳欢碧水蝶成双。轻风软语话衷肠。

范光华

三迤风雅

1963 年生于文山州丘北县，自号无冕秀才。现为云南省诗词学会会员，文山州诗词楹联学会副会长。

神草三七（新韵）

南国神草茂文山，沐雨熏风饮露甘。

翠羽剪裁青玉袂，朱砂镶嵌宝石冠。

调经补气烹成膳，活血通瘀配作丹。

研粉堕泥魂不化，还留真味世间餐。

林启龙

1967年生，云南通海人，通海县文联主席。云南省诗词学会原副会长，通海县孔子研究学会会长，云南省民间文艺家协会常务理事，通海县秀山文化研究学会顾问。

秀山刺桐

密叶疏枝花正红，随风飘洒舞西东。
是花是蝶君休问，添我诗情更几重。

秀山松鼠

小眼毛厚长尾巴，追蜂扑蝶弄野花。扑腾穿梭古道边，枯藤老树戏昏鸦。人来不惊侧耳听，圆睁亮眼立枝杈。胜似闲庭曾信步，悠悠晃晃荡树丫。怡然自得似仙境，跳跃飞驰响沙沙。偶遇相惜赐食物，活泼温顺映朝霞。物我两忘静欣赏，手痒始解鼠磨牙。玲珑面容惹人爱，憨态可掬不须夸。善解人意通心性，心有灵犀语呀呀。匆匆离去惊回首，犹忆容颜隔面纱。不拘荤素储坚果，偶尔品尝食草芽。不闻闹市车马喧，密林深处永安家。

太阳鸟

秀山蓝喉太阳鸟多年无人关注，近日有摄影爱好者，终日流连，静候时机，收获不小。余按捺不住，蠢蠢欲动，成行。惜乎，瘾大技术差，效果不佳。感小鸟可爱，故歌之。

明朝山茶掩寄亭，樱桃带露嫩芽青。枯桩老干花怒放，落英缤纷满院庭。五彩斑斓款款飞，唧唧啾啾枝上停。最喜花前相争宠，梢头独立影婷婷。交错翻飞迷满眼，振翅沐浴竟忘形。不惧相机嚓嚓闪，信步觅食在野径。我欲伴君共歌舞，奈何蹒跚醉未醒。春秋虚度空悲切，半生无成身似萍。我来看君欲赋诗，短歌一曲仔细听。

罗正明

1944 年生，转业军人，曾供职于墨江县供销社，墨江县老年书画诗词学会理事、编辑。

孟连新貌

孟连旧貌换新装，栉比高楼白色墙。
南北河翔千点鹭，东西街列万家商。
边城夜夜星光醉，山寨时时玉果香。
低谷咖啡惊海外，平川自古好粮仓。

罗用龙

女，1946年生，云南昆明人，云南省农业厅退休干部。中华诗词学会、云南省诗词学会、云南省老干部诗词协会会员。《春城诗词》《西山诗书画》编委。

昆明轿子山观雪景（新韵）

寒冬踏雪观奇景，素裹银妆插宇空。

玉树琼花争璀璨，雾凇冰瀑竞峥嵘。

一泓池水化瑶镜，万丈群崖锁玉龙。

悦目赏心何惧冷，奇观陶醉乐无穷。

罗荣福

云南姚安人，文学硕士，现就职于楚雄州税务局，云南省诗词学会会员。

续旧题《昨夜忽梦故人所得》
兼次曹霑《春夜即事》

◎ 一

故园风物具难陈，卿与花容记未真。
隔梦犹来花坐影，连灯不见枕依人。
多情自许轻为诺，薄幸经删误着嗔。
他日蓝桥催捣药，尾生应料雨声频。

◎ 二

抱柱犹迟怯自陈，此情无意计非真。
聊将新月当古月，依旧今人成故人。
百悔皆因轻薄幸，一心元为务痴嗔。
可怜月影和卿瘦，夜夜萤窗扰梦频。

罗绥良

三迤风雅

1950 年生，云南彝良人，中华诗词学会会员，云南省诗词学会理事，金秋诗社社长。

黔灵山

山寺黄昏客渐稀，回环九曲下天梯。

林中归鸟细私语，路上顽猴扯我衣。

和圣聪

1937 年生，云南丽江人，云南省诗词学会会员，丽江玉泉诗社社员。

沁园春·三义风光

地接鹤阳，背靠东山，面对乌江。望梯田碧浪，随风起伏；烟村云树，瑞霭轻飏。梨白桃红，机鸣车畅，黎庶勤劳奔小康。更还有，那乡邻厚谊，新酿邀尝。

家乡日渐繁昌，致使我，为农挺脊梁。喜早春播种，麦苗青绿；晚秋收获，稻谷金黄。苦乐相间，无忧无悔，赢得仓盈人健康。今耄矣，藉平平仄仄，笑对斜阳。

和春旸

三迤风雅

纳西族，云南省诗词学会会员，丽江玉泉诗社社员。著有《平凡人生》。

纪念中国共产党成立95周年

锤镰闪闪映霞红，万里江山春意浓。

发展创新开富路，飞天探海舞神龙。

除污去腐民心畅，打虎拍蝇气势雄。

国泰民安天下事，春秋九五立丰功。

岳太国

1940年生,云南省诗词学会、腾冲市老年诗书画协会会员。

游长城

崇山峻岭挂长虹,腾跃蜿蜒叹巨龙。

秦月西风增气势,汉关金甲御边功。

万千夫役筑墙壮,多少妻儿堕泪空。

一曲送衣姜女韵,云天回荡未曾终。

金建甲

三迤风雅

1945年生，云南师宗人，中华诗词学会、中国楹联学会、云南省楹联学会、云南省南社研究会会员，云南省诗词学会理事，师宗县老年书画诗联协会副会长，《师宗诗联》副主编，师宗县老年大学诗联班教师。

罗平九龙瀑布即兴

排空十瀑飞流下，吟啸九龙幽谷喧。
雪练高悬金彩耀，锦花绽放峭崖鲜。
神怡气爽游人醉，竹绿潭清景色妍。
愁绪已随春水去，诗心一片寄狂澜。

昆阳览胜

浪涌银池百里喧，郑和故里客游欢。
青铜文化鉴华史，玉柱神龙舞碧天。
石寨山中金印现，古滇园内锦花观。
壁雕宏幅遐荒记，瑰宝千珍展世间。

瑞鹤仙·罗平多依河览胜

尽缤纷满目，多依河、缥缈丹霞水落。欣岩前叠幕，卷千浪，翻滚迸花堆雪。欢流碧澈，荡竹排，春江洗濯。望岚封狭壑，云绕青峰，鸥鹭飞掠。

水色山光叹绝，漫步溪边，揽清心惬。画廊彩阁，琼瑶殿，梦中觉。醉芳亭，修竹林中听韵，三杯甘洌饮酌。任红尘涤却，仙境逍遥自乐。

周林

1941 年生，白族，云南大理人，笔名锦鹤。大理市太和附中原校长、党支部书记。中华诗词学会会员，云南省诗词学会会员，大理州老干部诗书画协会理事，作品发表于《春城晚报》《大理诗词》等。

忆江南·大理

榆州好，最好是风花，夏送清凉冬送暖，木莲吐火胜山茶，争共献春华。

榆州好，雪月更奇佳。漫舞银蛇天作画，嫦娥恋海喜安家，尘梦醉流霞。

周绍明

1927 年生，曾任中共玉溪县委常委、组织部长，易门县委副书记。

纪念中国共产党成立 96 周年感赋

峥嵘岁月忆春秋，建国兴邦壮志酬。

华夏复兴奔大业，党旗挥舞展宏猷。

披荆斩棘清风颂，打虎拍蝇浊气收。

万众欣逢圆美梦，红旗漫卷灿神州。

周邦彦

女，中学高级教师，中华诗词学会会员，云南省诗词学会会员，玉溪市作家协会会员，玉溪市老干部诗书画协会顾问，玉溪市老年大学教师。著有《诗词楹联读本》。

笔架山瞰海

兴来寻胜迹，结伴上危岩。

雾散山容艳，云开水色鲜。

登高峰吻日，致远径通天。

偶见群鸥戏，心尘洗碧涟。

八声甘州·傍晚汇溪赏鹭

趁晚霞绚烂映山头，绿畴紫烟浮。伴亲朋好友，独寻蹊径，湖畔淹留。静赏归飞白鹭，群聚小汀洲。佳丽清幽地，任我遨游。

怎奈往昔回首？忆满河污垢，黑水横流。叹沿途泥淖，一路雨中愁。喜今朝，和风吹透，道路宽，名镇有天酬①。随吾辈，展眉舒袖，共驾轻舟！

注："名镇"，指闻名远近的"云南第一村"大营街。

摸鱼儿·丽水金沙虎跳峡

顿飞来、半空惊浪，须臾擂动鼙鼓。截江融雪奔东去，鏖战欲挥千斧。波浪促，只觉是，山崩地裂蛟龙怒。脱缰猛虎，怒吼震山谷。苍鹰直上，腾挪巨龙舞。

凭谁问，万里长江去处？金沙齐放千弩，威风力卷风雷电，万马奔腾无阻。谁最酷？有道是，人生万欲终成古，虚名自误。唯有诵诗书，心灵归宿，水浒枕边悟。

周崇文

1951 年生，云南楚雄人，云南师范大学毕业，高级经济师。当过知青、工人、教师、大型国企高管。为云南省诗词学会第六届理事会副会长兼秘书长，第七届副会长并学会首届党支部书记。著有诗词集《挂剑楼吟稿》《挂剑楼吟稿续编》等。

云南陆军讲武堂留题

家国兴亡担铁肩，柳营讲武汇群贤。
南滇曾蔚英雄气，撑起神州半个天。

昆明西山携游晚归

鸟语蝉声啭茂林，逶迤拾级入幽深。
红侵霜叶一枝艳，绿漏秋阳数点金。
观海龙门思旧雨，参禅古寺话虚云。
徐行松径归来晚，更赏东山捧玉轮。

抗战胜利七十周年感赋

大风起兮云飞扬，八年慷慨赋国殇；山河破碎神灵怨，正义伸张暴寇降。爆竹屑铺半尺厚，长幼腾欢涌街头；路人相逢互拥泣，买卖赠之不计酬。百年国运雨打萍，一朝终见伏东瀛；欢庆昆明群情奋，喜极禹域泪雨纷。忆昔我祖起炎黄，衣冠上国盛汉唐；泽被九州誉海外，天威远播来八荒。滔滔海东几弹丸，频频遣使入长安；赐与国名号日本，教化文明始启端。鉴真东渡传高德，晁衡负笈师太白；何期有明出倭寇，掠边扰海犯闽越。尤痛甲午衅战云，军国黩武炽妖氛；师丧国辱金瓯缺，莽莽神州叹陆沉。更伤国耻九一八，事变七七复强加；屠戮秦淮空前古，叫嚣三月灭吾华。寇渐深时祸已亟，救亡图存大潮启；国共携手御同仇，砥柱中流岂虚语。平型关上杀声切，台儿庄内短兵接；救国已将肝胆照，保土何惜一腔血。壮士陷阵赴国难，上将马革裹尸还；前赴后继何曾怯，弹如雨处勇争先。出不入兮往不返，寇未逐兮难闭眼；大刀砍向鬼子头，还我河山齐呐喊。青纱帐内隐奇兵，万山丛中枪如林；敌后军民成铁壁，阵前血肉筑长城。三迤父老亦悲壮，万众一心把敌抗；数月修成滇缅路，机场成就飞虎将。松山腾越气萧森，血海尸山复坚城；挥师缅甸神威振，法西斯蒂丧钟频。密苏里舰压东京，太阳旗落石头城；血战八载感天地，睡狮怒吼响雷霆。五十余年为害烈，今复卑躬气焰灭；信是国魂永不磨，重令岛夷朝天阙。狂魔无奈放屠刀，远东审判绞东条；群凶伏法虽大快，裕仁漏网恨难消。家祭喜得告乃翁，失地已还归台澎；马关屈辱今得雪，索赔憾未捣黄龙。浩浩洪流不可挡，华夏堂堂列四强；扬眉吐气站起来，雄鸡更唱红旗扬。改革开放巨龙举，赤县蒸蒸日崛起；嗟尔又复频挑衅，拜鬼买钓篡历史。噫嗟乎！察言观行今非昔，前事不忘后事师；击楫扬威图强盛，安容胡马越雷池。以德报怨叹国人，以怨报德却东邻；止戈为武殷鉴在，又听龙泉壁上鸣。

永遇乐·哀牢

奇峭摩天，关河雄峙，流急难度。原始林深，溪流飞练，村落牵云雾。艰辛磨砺，洪炉大冶，初识人生甘苦。怅长别，归期如梦，天涯此情谁诉？

烟云过尽，书山望断，旧事几堪今古。四十三年，时时犹记，汗湿哀牢路。炊烟锄影，知青岁月，魂系一方热土。最难忘，山泉清洌，沁人肺腑！

周崇安

1954 年生，云南楚雄人。大学本科，曾任职于昆明铁路局车务、人事、纪检、政法等部门，中华诗词学会会员，云南省诗词学会会员。作品散见于《云南诗词》等刊物，著有《云泉诗稿》。

午月赏荷

荷丛浓绿遍，一曲藕花情。
白色间红色，蛙声伴雨声。
净心出仙子，消夏入青屏。
玉骨亭亭立，天真照水明。

辛丑端午吟

濛濛细雨洒江天，重五神州吊屈原。
艾叶菖蒲千户挂，雄黄粽子万家传。
端阳正气涤污垢，汨水清风沐蕙兰。
一部离骚岂秦楚？先生傲骨荐轩辕。

鹧鸪天·沪昆高铁通车有感

　　自古皆言蜀道难，滇云更上九重天。马驮背负关山累，坡大弯多日月悬。

　　担大任，闯雄关，高原铁路不平凡。动车穿越云山美，万里行程一日还！

蝶恋花·眺望滇池

　　拾级登高滇海上，眼底奔来，滚滚心潮荡。一色水天掀细浪，轻舟点点苍穹放。

　　孙髯长联犹咏唱，触景生情，渺渺湖山壮。千古风流凭眺望，炊烟袅袅渔村亮。

西江月·题家兄《沧浪对弈图》

　　韵士高人湖畔，清风菡萏浮烟。风云际会见棋盘，逐起惊涛百万。

　　柳下争锋车马，浪头弥漫长天。几回博弈战犹酣，转瞬沧桑巨变。

周崇舜

1946 年生，云南楚雄人，调研员。山水花鸟画家，诗书画兼修，中华诗词学会会员，云南省美术家协会原理事，云南传统文化研究会书画专业委员会副主任，云南省硬笔书法协会副会长。

画梅

澄怀观道几人知？浩荡天机是我师。
铁干冰花催腊鼓，笔挥香雪报春时。

画余随感

云泉高致伴清寥，借到春风挥玉毫。
是是非非浑不辨，全凭千古定风骚。

郊游

大观几度赋春光？似水流年两鬓霜。
飞絮飞花寻旧梦，凭栏静看白鸥翔。

访岳麓书院

名高三楚赫曦台，问道取经千里来。

经世文章担道义，治平功业育英才。

苍茫湘水朱张渡，伟峙岳峰新日斋。

鱼跃鸢飞致高远，春风玉雪岭梅开。

西江月·秋游紫溪山

　　峻岭松涛依旧，秋风几度流年？功名过眼看云烟，霜染枫林几片。

　　世味炎凉笑傲，溪山高处凭栏。古碑德运话千年，夕照乡愁无限。

郑千山

湖南临湘人，生于昆明。中华蒙学会副会长，云南传统蒙学研究会会长，云南省诗词学会常务理事。中国作家协会会员，云南日报文艺版主编，昆明文史馆馆员。著有《雁语书香》《千山之上》《千山吟草》等。

甲午春节赠诸师友

◎ 一

焚香涤砚贺新年，天命相知梦惘然。
为记无常须竞白，反观尘事悟因缘。

◎ 二

扬鞭骐骥壮鸿图，阅遍千秋万古书。
忽忆有明湾下耻，横陈甲午待丈夫！

注：有明湾，马关条约签订处。

纪念五四运动一百周年

千载传灯志未移，人间地覆欲何为？
中西合璧驱迂孔，体用同参铸健儿。
宗法世家迎德赛，新民大道走旌旗。
而今葆有擎云掌，镌取青春五四碑！

赞春城昆明

雁到边城龙象聚，花红柳翠小鹰翔。
比肩霜岭联图画，携手春风作剪刀。
云寄素书汾水道，梦分浊酒辋川涛。
化成滇海竹枝唱，瓦釜雷声格自高。

率团赴台举办赵鹤清先生书画展

三迤松泉一鹤清，春风踏韵付丹楹。
冲天五绝云涵彩，胜境千奇月照明。
洱水焦桐传古意，苍山嫩竹赋新声。
艺通妙理连文苑，沧海神游奔大鲸。

郑祖荣

三迤风雅

1947年生，历任宜良县文化馆长，九乡风景区管理处副处长。中国作家协会会员，云南省诗词学会副会长，云南省楹联学会副会长，主编"宜良文化丛书"，获云南省政府奖。

九乡歌

古滇之山奇且佳，古滇之水深且秀。山水灵秀蕴奇珍，珍奇瑰怪骇宇宙。怪绝奇绝喀斯特，异境天开殆神授。石沙土林拔边壤，洞峡潭瀑藏远岫。惟因地僻路迢遥，竟使佳丽形销瘦。九乡阒寂六亿年，林壑清癯殊堪怜。蒿莱没径弥荒野，泉潭无声咽寒烟。幽窟一朝豁神光，蛮峦瘴谷焕霞裳。岭树秀发吐清翠，箐鸟舒喉啭新腔。苍崖奇洞展雄姿，涧琴瀑雷奏史诗。地门险怪孕荒古，天阙耸峭坠垂危。荫翠峡幽波寒澹，仙姬欢会沐瑶池。神田疏朗边石坝，地厅宏阔踞雄狮。欧俄专家兴浩叹，京华耆老献赞辞。梦历洞天殊气象，神游福地美风光。神仙亦渴伊人面，福地洞天萃九乡。三迤闻风趋如鹜，车驰电掣赛脱兔。昔日野岭成闹市，穷村瘠乡得致富。掀翻草窝构宫厦，碾碎崎岖铺油路。索道张弦弹晓日，缆车织梭破宿雾。古洞筹建博物馆，面山广植绿化树。群鸟来聚伊甸园，珍禽霞羽欣永驻。影客骚人情尤痴，绘彩泼墨骋灵思。音像播映玉清境，报刊披载美妙词。名胜批列国家级，风景誉传寰球知。我读九乡数十春，百转千回探迷津。寄情丘壑怡意趣，写韵雄幽费苦辛。穷搜奇洞究秘窠，冬雪夏雨等闲过。收拾卷帙成体系，余兴发唱九乡歌。

再访葫芦岛

  中国科学院西双版纳热带植物园，位于云南省勐腊县神奇的葫芦岛上。1959年在著名植物学家蔡希陶教授领导下创建。该岛至今残留大片热带雨林，得天独厚，种有三千多种国内外热带植物，蜚声中外。

  葫芦岛上万树木，春自婆娑冬犹绿。雨林蓊郁薜萝古，空翠清新野卉馥。椰榈群落竞修伟，红豆绮姿壮森肃。菩提圣果贝叶棕，王莲硕盘矢车菊。附枝荫萼毛紫薇，连壑塞箐凤尾竹。望天树崇干云霓，鹧鹕声脆萦幽谷。库藏种资三千数，寿高铁树八百六。栋材济济和血栽，青史历历彻夜读。南天丰碑永苍翠，万邦观瞻蔚静穆。龙血树下再叩首，钦向蔡公欲一哭。

高黎贡山赋

高黎贡山西极天，拔地擎霄势巍然。千壑松涛藏虎啸，万峦荒古袅瘴烟。纵跨寒热气候带，横断欧亚暖流屏。头枕西藏雪皑皑，足濯南洋海青青。右襟缅原绿野阔，左腋怒江银澜湍。只与昆仑相伯仲，睥睨五岳几泥丸。辽哉汉武开疆时，楼船演习昆明池。为有张骞西域返，蜀身毒道世乃知。南陲丝路万山里，开辟问自何年始？冬雪夏雨凿岩阿，几许生灵荒外死。滇蜀僧侣来缅印，博南古道著青史。驿路横绝高黎贡，马帮歌谣千年诵。晓杖赤藤跐鸟道，夜惊长蛇断噩梦。雅蹄踏碎中世纪，马背驮出神州颂。拓边由来争战频，岳神山鬼厌血腥。南诏烽烟开寻传，大明王骥征麓川。夜济怒江屠象阵，尸骨如丘填沉渊。西南山水擅攀涉，亘古惟有徐霞客。遍跋边鄙蹈远险，芒履数践贡山脊。南明永历入腾越，高黎贡山寒堆雪。宛转吴逆刀下死，至今犹闻鹃啼血。二战罪魁东洋寇，蹂躏亚洲称兽兵。奋起三迤百万众，拓路滇缅建殊勋。滇缅公路任驰骋，援华物资输重庆。殄灭倭焰壮国威，高黎贡山世钦敬。驼峰航线飞虎队，捐机殒命殉抗战。美洲情系华夏心，怒江潮涌贡山泪。倭寇暴虐世罕匹，毒涎魔爪攫滇西。血肉长城泯虏氛，贡山兀兀雨凄凄。远征健儿十万师，喋血松山惨烈诗。背水仰攻高黎贡，骇地惊天神鬼蛊。军民牺牲捍边疆，滇西抗战矗丰碑。北斋公房肉搏战，南斋公房雪掩尸。冻躯饿殍相枕藉，血路杀出史迪威。剑扫风烟摧敌胆，神器可容豺虎窥？高黎贡山莽苍苍，岁月流逝走怒江。中华千载仰瑰宝，南疆万里挺脊梁。金瓯牢比贡山固，国运绵似怒江长。万古名山谁成就？民族血泪铸辉煌。闻道山藏杜鹃王，树高百丈势昂藏。堆簀嘉木绿翡翠，画眉彩雉连翩行。举世瞩目此奇珍，国家自然保护区。我度斯山久怅望，独立峰岑起壮思。

九乡盲鱼洞歌行

盲鱼洞，亦称小沟洞，为国家级九乡风景名胜区内最大的暗河系统，全长七公里，洞内有世界珍稀鱼种——无眼金线鲃，故名。艳其传奇，作歌四十八韵以纪云。

麦田河水清漪漪，小沟洞外草离离。丹崖向暖岩桑蕤，苍藤凌虚挂云螭。有龙蟠潜古洞栖，地老天荒化媆隅。媆隅锁困暗潭溪，日星隐渐睛眸枯。偶随山洪下江渠，县志载称比目鱼。上古彝祖穴居时，茹毛饮血操石椎。江涛阻隔绝远飔，渔猎恒绕海之湄。伏流时见吞舟鼍，揉波吹浪美而肥。两颊冉冉飘长须，霜鳞独眼最堪奇。彝女十七名岩尼，擒食其酋以疗饥。恍然心动结龙珠，五月蓐产奇男儿。是儿神勇能捉罴，海泽敢蹈山可移，倚天劈决红崖矶。泻出宜川尽膏腴。鸡鸣犬吠构村闾，南屯北屯衍庶黎。荒古史迹传不诬，土人指点至今疑。复闻洞深藏怪犀，尾似狼牙铁棒锤。黑夜出窟吼若狮，驱动晃如山之危。或谓恐龙与恶貔，撼地摇河神鬼啼。肆威震怒泛浊淤，清波涌黑鱼飘尸。魔兽嚣张人已蛰，从兹安敢侧目窥？我来九乡已违期，曩迹如烟争可追！暗河深奥七千米，首尾竟日去不归。彝老谢后承者谁？野史传奇渺难稽。经岁寻觅无端倪，空山惟见鹧鸪飞。

封晓红

女，1970年生于湖南省桃江县，现居云南省会泽县。自由职业者。

夜登金钟山

远上钟山倚暮楹，观前俯瞰万家灯。

喧嚣夜市梵声外，静品浮生一盏清。

赵佳聪

三迤风雅

云南师范大学文学院副教授，中国李清照、辛弃疾学会理事，中华诗词文化研究所研究员，云南传统文化研究会会长，云南省诗词学会学术委员。主编《当代滇诗选》。执行主编《诗化的民族精神》。笺注《蒙化诗词》。参撰《云南历代诗词选》《钱南园诗文集校注》等。著有《兰心斋文集》《兰心斋诗词》等。

新春感赋

流年逝水几悲欢，笑看彬彬鲁士冠。
巧慧婵娟偷妙药，拙愚老叟炼灵丹。
彩鸡照影清波险，素雁腾身碧落宽。
求索两间人未悔，狂歌一曲唱青山。

登大雁塔

来登七级望秦川，泾渭难分迷雾间。
进士题名名已朽，高僧译梵梵犹传。
铁肩负笈菩提志，棘路披荆普渡虔。
千古此人当顶礼，袈裟锡杖以金镌。

修水文化颂

众星拱月蕴奇祥[1]，始创黄龙一脉扬[2]。
鲁直书台遗后世，承风故里播芸香[3]。
诗书五杰鸣天下[4]，翰墨千秋历沧桑。
待到来春登九岭[5]，葱茏满目映霞光。

注：①修水地形，有"众星拱月"之势。

②黄龙寺为南宋高僧慧南开创，历朝三次封赐祖庭，开佛教黄龙宗。

③修水有宋代文化大家黄庭坚(鲁直)念书台，清代嘉庆帝太师万承风故里。芸香，书香。

④陈宝箴一门文化五杰故里。双井村黄庭坚陵，并有石刻。

⑤春三月有"黄龙登山节"。修水县南有九岭山。

翠湖梦

余幼时，外祖母言，其父简执中先生曾于昆明经正书院任监院，山长为陈荣昌前辈。曾随父乘轿抵，翠湖荷香沁脾，近有莲华禅院。

幼闻荷韵渗书香，梦里依稀翠海旁。
映月清渊鱼拨响，依风垂柳鸟栖藏。
青灯耿耿催华发，绿叶亭亭拥艳装。
禅院钟声惊我醒，佳篇又诵夜未央。

题紫玉兰

凛冽之中耀紫袍，梅花气度玉风标。
雷声惊蛰新裙绿，笑对东风李与桃。

　　注：高教小区紫玉兰花开繁盛，除夕，我与母在花下合影。
惊蛰日，见树已全身翠绿，喜而赋之。

路漫漫

与弘扬传统文化同道诸君共勉

天高莫测凭谁问，竟弃黄钟任釜鸣。
榕树唤春无杜宇，杏坛点水似蜻蜓。
寒梅标格迎风雪，大海情怀纳日星。
踵武屈公求索事，前程漫漫不孤行。

秋波媚·龙潭蜡梅

鹅黄点点缀琼枝，飞雪满天时。菊之余韵，梅之先导，又酿佳诗。

水仙后到姗姗态，也学额黄姿。我敲宫阙，黑龙醒未？人笑狂痴。

满庭芳·山茶

鸥鸟翩翩，滇池浩浩，万方仪态秾华。竹篱茅舍，笑靥对牛娃。缟袂冰肌玉骨，清波影、胜似梅花。冰峰侧、嫣红万朵，惊喜叹明霞。

奇葩！当此际、牡丹尚睡，桃李无夸。笑蝶使蜂媒，犹恋寞家。蝶魄依稀邂逅，销魂醉、枉自嗟呀。东君力、何如正气？花发誉天涯！

赵海若

三迤风雅

1968 年生于昆明。云南艺术学院美术学院中国画书法系副教授，中华诗词学会会员，昆明市书协副主席。独创禅意书法"如象体"。著有《若隐若现》《海若诗草》。书法作品有南屏街《春城赋》，海埂会堂攻心联、翠湖长联等。

偶见朱籍兄与诸吟友聚于翠湖诗，步其韵

西竺归来后，适逢柳絮天。

莺花回远梦，蔬笋避时贤。

文脉五莲瓣，诗思九眼泉。

雪鸥无片影，湖上白云笺。

注：五莲瓣，五华山清代五华书院；九眼泉，翠湖九龙池。

老昆明素食小吃烧豆腐

少年踌躇满满，围着摊火取暖。

烤来烤去心焦，总是话长夜短。

东京浅草寺影响堂午后小坐

树碧鹃红人海茫，芒鞋寻杖挂门墙。
花飞数片鱼无动，小坐原来春意长。

斯德哥尔摩"瓦萨号"沉船博物馆

扬帆十里化沉舟，怅望小城三百秋。
钩起当年王霸事，海风拂岸说从头。

赵椿

三迤风雅

1937年生，云南鹤庆人，字梦鸿，号马耳山人，云南大学教授。云南省楹联学会、省老干部诗词协会、省南社研究会副会长，《云南南学》主编。著有《古今诗人吟鹤庆》《滇史随笔》。入选《云南专家学者辞典》等。

喜雨

久旱祈霖望眼穿，滂沱忽至遍云南。
书斋漏雨书遭罪，庭院飘汤庭受淹。
快煮姜汤驱冷气，忙移被盖避潮沾。
天公不绝人生路，屋漏虽烦苦亦甘。

暑假探亲偶感

离家一别又经年，暑假回家探故园。
老父烹瓜焖土釜，贤妻割韭濯清泉。
三年灾害持家苦，八字方针济世甜。
小女怕生亲远貌，阖家逗趣笑开颜。

春耕

阳春三月过清明，野外初闻布谷声。
陌上羔羊争草绿，田间紫燕望风轻。
护秧少女吆麻雀，归学儿童戏纸鸢。
笑望梯田豆麦熟，架牛翻地闹春耕。

长木箐小景

长木深山小景幽，白云生处起新楼。
苦荞地里山鸡叫，篁竹溪中细鲤游。
劈破青砂播五谷，拨开白雾闹三秋。
农闲无事登高去，木耳燕窝放眼收。

赵嘉鸿

　　1975年生，白族，云南大理人，文学博士，云南民族大学文学与传媒学院教师，云南传统文化研究会副会长，云南省诗词学会会长。

游云龙天池

岭上瑶池碧，松间蕙露香。

春深花照影，秋半月浮光。

旷士曾操缦，仙姝此浣裳。

留连忘俗累，不欲别云乡。

缅怀马曜先生

点苍涵素抱，苴水浣殊姿。

负笈江南岸，从游海内师。

艰危无所惧，俊迈独能诗。

开济勋声著，儒林忆退之。

赠睿骁侄儿负笈京华

秋来多爽气，朗月丽中天。
桂树堂前馥，池荷水上圆。
已闻偿所愿，欣慰不成眠。
无负骁腾志，京华冠众贤。

阮郎归·春逝

一春花事遽成空，伤心碧万丛。杜鹃声里悼残
红，相思寄断鸿。

芳已尽，恨难穷，醒来味砌虫。月明今夜问玲
珑，悲欢谁与同？

水调歌头·敬和易闻晓教授贺澳门诗社成立十周年

楼畔波光绚，颙望夕阳时。千秋怀抱浇酒，梅
雨漱青瓷。忆罢昔年蟾镜，逐梦芳华鸿影，蓬岛正
微熹。浪卷千堆雪，万里动诗思。

春樱尽，风荷举，浴鹭飞。大观自在，濠上鱼
我几来回。一任世情熙攘，独寄云心云想，空色亦
何迷？欣共续风雅，遣月慰相知！

赵翼荣

三迤风雅

1946年生，昆明学院教授。享受国务院政府特殊津贴专家。昆明市文史研究馆馆员，云南省诗词学会学术委员，曾任昆明市书法家协会主席。著有《溯古汲今——诗论书法自释》《师范书法讲稿》《书法百帧》等。

滇池三月即景

碧水白帆三月天，山明浦秀百花妍。
小舟撑出柳荫外，犹带和风澹澹烟。

金殿

昆明鸣凤山，有铜殿雄立，为清初吴三桂踞滇时所铸建，称为金殿。

斑斑铜殿鼎南滇，领略风云三百年。
金壁雄栏盈紫气，苍苔野径对轻烟。
崇台未足明功过，片语何妨论佞贤。
指点荣华零落处，莫将兴废系红颜。

谒昆明西山聂耳墓

昆明西山，有国歌作者人民音乐家聂耳墓。

不幸斯人殇恶海，魂萦故土托山阿。
疮痍满目悲声巨，荆棘横空猛士多。
风吼长河驱铁马，雷椎大野振金戈。
茔前静穆犹闻曲，海啸山呼奏国歌。

昙华寺朱德诗文碑

昆明昙华寺，存民国壬戌年朱德撰书赠该寺住持映空和尚之碑石。

几经雨蚀野风摧，古寺幸存碑未隳。
出蜀入滇戎马疾，怀民忧国壮心飞。
素笺几页藏雷巨，青石一方似岳巍。
讲武堂奔烽火道，将军足印即诗碑。

瞻仰闻一多先生塑像

昆明西南联大旧址，有民主草坪，立闻一多塑像。

仰首分明一座山，巍巍矗立壮人间。
诗文书印名千古，气节襟怀撼九天。
拍案横眉真猛士，谈经论典则儒贤。
掀腾死水英雄事，自古炎黄有史镌。

胡廷武

三迤风雅

中国作协会员，云南省作协原副主席，曾受聘为云南大学文学院客座教授、硕士生导师。出版有散文、小说多种。散文《云南的山》获十月文学奖；《九听》获云南省文学创作一等奖。

圆通山看花

和李学彦先生

海棠樱朵色参差，北市争开亿万枝。
鸟落丹霞新汉赋，客观晴翠旧唐诗。
三春盛事空城巷，一处风光浅砚池。
百姓自来崇善政，花潮尚忆起何时？

谒升庵祠（新韵）

探访先贤巧雨迎，楼空人去绿苔生。
筇竹浪迹知何处？桃李根深几树青？
撰著未因荣辱弃，家国自有古今评。
宫门满地落英散，但有升庵负盛名。

钟立义

1947年生，云南省诗词学会、云南电力诗词学会、中国电力美协会员。

金殿漫步

古木森森山鸟啾，石阶花径漫闲游。

美人不解当何去，画栋夕阳一片愁。

和闽清乡友名庆

滇池柳老噪昏鸦，五马峰高秋月斜。

六秩风云浑一瞬，闲听爽籁品春茶。

段天锡

　　1918年生于云南凤庆，原云南省财政厅高银班肄业，曾任小学校长及粮政、教育、建设等科一等科员。1949年12月9日在职参加起义，后任财经（科）审计等，退休后受聘县地方志办公室十余年，曾获省、地（市）、县地方志工作先进个人奖。著有《天锡书法诗词楹联集》。

昆明国际旅游节临沧分会场活动

欢歌泼水庆春阳，美俗淳风爱傣乡。

阵阵锣声催凤舞，杯杯米酒识情长。

清泉圣洁涤污秽，花雨缤纷散异香。

游客欢欣拼一醉，丽姝浴罢赛群芳。

侯兴黉

1988 年生，云南东川人，字穆少，号君岚，别署锄雨阁主。中学语文教师。云南省诗词学会常务理事，云南翠微吟社副社长兼秘书长，《云南近现代诗词选》副主编。

过巍山

摇鞭长羡谢公游，物外烟霞暂与俦。
丽日池光浮六诏，漫随征雁达巍州。

南诏博物馆有感

宛然风外影初斜，病眼重开仄径遮。
故迹分明在滇史，坐看兴废一吁嗟。

巍州夜色

风送浮凉眼倍清，一窗暗处月偏明。
城楼灯火消长夜，倚醉调笙到五更。

登巍宝山

天半高云簇四围，近看寺阁倚峨巍。
物情过眼含生意，巢许深惭更忘机。

施太忠

三迤风雅

1947 年生。云南省诗词学会会员，临沧市诗词协会理事，著有《烟波集》。

七旬感怀

云横沧水乱如麻，秋雨微风满岸涯。

远忆当年骑竹马，不堪今日顶霜花。

惊涛骇浪飞舟渡，盛世明时颂物华。

慰我平生痴与傻，七旬秉笔写烟霞。

重走茶马古道感赋

此次出游神气爽，风和日丽踏澜沧。

茶花四月呈红锦，杜宇偶声传绿岗。

笔架高擎峰杂沓，云山掩映水苍茫。

游来鲁史并金马，犹忆当年驿路长。

姜云芸

女，1974 年生，现供职于昭通市盐津县志办。作品散见于《昭通文学》《昭通日报》《中国妇女报》等报刊杂志。诗词作品选入《乌蒙情韵》《昭通咏物诗词》等。

鹧鸪天·彝良小草坝探秋

雾雨侵秋雁阵空，山岚暧暧露霜浓。寒凝香透溪边菊，岁老葳蕤石上松。

人缱绻，景朦胧。吟讴一卷叶初红。林泉飞瀑幽凉意，无限风烟在掌中。

姜孟谦

三迤风雅

云南墨江人，普洱市住建局原正处级调研员。中华诗词学会会员，云南省诗词学会理事，著有《苔痕集》。

唐梅

龙泉观里仰唐梅，蟠伏横陈远古来。
虬干卧眠形屈曲，柔枝旁发韵萦回。
清高品格滋三迤，雅洁操行润九陔。
阅尽云滇悲喜事，依然盛意为君开。

袁成义

三迤风雅

1947年生，湖北黄陂人，中华诗词学会、云南省诗词学会、云南省书法家协会、云南省楹联学会会员，普洱市诗词楹联协会副会长。

馋嘴伢

薯地绿油油，馋伢正欲抠。
突来巡地媪，扯蔓躲墒沟。

支滇路上

火热青春志赴滇，三千子弟别家园。
龟山不舍山风静，汉水难离水浪掀。
夜驶湘江随梦过，朝行桂岭话南迁。
重峦叠嶂隔云贵，安顺城中候几天。

莫法宽

三迤风雅

1957 年生，彝族，中华诗词学会、云南省诗词学会会员，云南省南社研究会理事，普洱市诗联协会理事，《墨江诗词》《诗意墨江》主编，《珠山诗刊》执行主编。作品发表于《华夏吟友》等。

诗意墨江城

蓝天丽日景延伸，四面青山吐绿茵。

联缀屋楹添喜气，画镶亭榭伴佳人。

蜂飞蝶舞莺声脆，乐集欢增笑靥薰。

视角多元多雅趣，满城诗意满城珍。

贾来发

云南省文联会员，玉溪市文联专职副主席。中国作家协会会员，中华诗词学会理事，云南省诗词学会副会长。作品散见于《光明日报》《诗刊》《散文选刊》《诗选刊》《星星》等，曾获第五届华夏诗词奖，著有《闲吟寄兴》《宏轩斋吟草》《怀念乡村》《小学语文同步习字帖》等。

春日作客山中

屋后欣闻涧水鸣，幽栖每爱一身轻。

聊将月色同诗种，且引烟岚入笔耕。

谢客读书花作友，登山探胜鸟呼晴。

松声过处千峰舞，迎面纷纷向我呈。

过彝寨

驱车百里过城东，遥见人家隐岭崇。

远隔世尘溪柳外，暗藏古朴雨烟中。

几声鞭赶山归牧，一阵风吹草落红。

无限欢心听鸟说，望峰何必步匆匆。

老家夜咏

困了村庄睡了花，唯余蛙唱杂溪哗。
朦胧诗读朦胧夜，半醉人归半醉家。
带枕稻香来入梦，提壶月色去冲茶。
解馋最是盘中菜，下酒何妨有点沙。

重经桃溪山临别有寄

多少桃红不忍行，千山借得这方清。
是谁颠倒三生梦，令我翻腾一世情。
盘点那时成碎片，勾留此地忆芳名。
江湖已倦诗心瘦，漫把相思向月倾。

春日老家

闲坐谁煎午后茶，共余品到日西斜。
春风梁上巢新燕，微雨亭前落杏花。
几树莺声尤助兴，一群村小自推虾。
携篮人在烟岚里，料得归心也载霞。

夏德彦

三迤风雅

1944 年生于临沧，中华诗词学会、云南省诗词学会、临沧市诗词协会会员。主编《临沧地区科技志》，著有《闲吟野韵》等。

踏春游宿五老山

重上仙山览物华，眼前最爱马缨花。
蜂飞蝶舞圆春梦，鸟唱蝉鸣伴酒家。
邀得清风陪晚宴，舀来晓露泡晨茶。
尘劳洗尽身心爽，唤醒诗思绘彩霞。

徐旋

又名徐璇，笔名行云流水，中华诗词学会会员，云南省诗词学会会员，墨江县诗词协会原理事长。《风雅墨江》主编，著有诗集《网住星光》《搁浅的时光》。

朝中措·通关金马公园

通关金马兀凌空，山色秀明中。足踏几多云彩，翅生万里春风。

扶摇直上，倏然远逝，流水行踪。古镇欣然回看，今朝物阜民丰。

徐丕忠

笔名徐培钟，玉溪市诗联学会副会长，华宁县诗词楹联学会会长，作品发表于《玉溪》《玉溪艺苑》等。

梦回黉门

卅年一梦到天明，苦辣酸甜笑历经。

阁内园中嬉水草，花前月下诵书声。

平台竞技激文字，室内争言赛鸟鸣。

银发忽飘孙扯拽，育儿隔辈语音轻。

徐沛峰

三迤风雅

云南省诗词学会会员，个旧市诗词学会常务理事，个旧市作家协会理事。作品散见于《个旧文学》《个旧时讯》《红河日报》等。

悼袁隆平（新韵）

无农不稳为民伤，立志投身稻改良。

少壮总惜时太短，九十已过念仍长。

世间无饿终生梦，禾下乘凉大愿扬。

已惯粮神多庇护，惊闻噩耗恨沧桑。

殷美元

1947年生,云南昭通人,号溪谷逸士,曾供职于新华书店。好武术,喜书画。中华诗词学会会员,云南省诗词学会常务理事,昭通市诗词学会会长,著有《涧边诗草》《泉韵松声》《彭勤传奇》等。

江城子·龙泉古松

丁卯季秋,夕阳西下,余与老友陈肯龙洞游,见万壑青松,拔地参天,傲然挺立,试携手合抱其一,尚隔尺许,不禁慨然,拍干叹曰:真栋材也!

巍然拔地岁三千。傲严寒,不趋炎。根盘石缝,聚众遍山巅。峭岭悬崖身影正,颜苍老,节贞坚。

脱尘绝俗性悠然。护流泉,伴飞鸢。涛声吟颂,逸韵付荒烟。未必良材皆栋柱,将风骨,立人间。

鹧鸪天·梨树

铁骨赤心胆气佳,任他暴雨与狂沙。寒夜一朝冰解冻,阳春三月雪飞花。

身有节,叶无瑕。荒原聚众遍天涯。平生无意争春夏,待到秋来芳自华。

注:梨木质坚色红,花开似雪。

清平乐·渔洞烟柳

天姿妙曼，驻守长河岸。碧玉丝绦垂水面，秋月春花看惯。

平生朴实无华，绿妆素裹晴纱。点缀三春美景，风光誉满天涯。

清平乐·渔洞红枫

秋山晚艳，寂寞无人见。不怨东皇春去远，仍把万山红遍。

纵然身世平庸，胸襟坦荡从容。默守初心不改，凌寒亮节高风。

清平乐·渔洞吊桥

轻悠漫荡，巧做飘然样。铁木钢绳牵百丈，一任游人来往。

桥连两岸风光，历经岁月炎凉。纵是今朝老矣，骨风依旧轩昂。

高泳燃

女，白族，云南鹤庆人，中华诗词学会会员，云南省楹联学会副会长，云南省诗词学会理事，云南省南社研究会常务理事，昆明市书法家协会会员。

普者黑赏雨荷

映日荷花艳，倒山碧水清。

风随知了唱，船伴钓歌行。

夏雨濛还细，薄衫湿又轻。

身融自然里，已觉化玄卿。

题鹤庆老屋

清溪声里万枝花，白玉墙间绘彩霞。

来访友人休问姓，墨香飘处是吾家。

清平乐·赏春

莺啼燕啭，满眼飞花乱。锦鲤清波相映幻，步入雕楼画馆。

忽闻一片清欢，琴声袅袅如烟。放眼池边柳下，仙姿妙舞翩翩。

361

高程恭

1936 年生，云南昆明人，曾供职于五华建筑公司等单位。云南省诗词学会会员，著有《云岭春草》。

秋兴

盈庭黄叶已深秋，爽爽金风拂面柔。

层叠烟峦凝翠黛，飘香丹桂意绸缪。

欣逢皎月邀嘉客，好趁华年聚秀洲。

最喜清辉明玉露，联吟雅句乐优游。

郭力

三迤风雅

1974年生，湖北黄冈人，旅行游记网络作家，民间公益人。云南省诗词学会理事，昆明市书法家协会会员。

春愁

花自无言柳自青，流年似水总飘零。

无端箫管吹离曲，最怕春深雨后听。

来兮归去

终将恩怨付流水，邀得闲云入梦来。

几度花开风约住，万钧雷下雨徘徊。

征程不必青骢马，把酒何须琥珀杯。

烟火三生如柳絮，来兮归去总尘埃。

蝶恋花·百尺游丝无觅处

百尺游丝无觅处。独酌何须，帘卷残飞絮。素手无端移玉柱，声声皆是青山暮。

红杏曾留莺乱语。梅雨来时，零落花千树。明月几时邀我住？相逢恐又潇潇雨。

瑞龙吟·寻江川旧事随记

江川路，依旧水映晴沙，一行烟树。时时暗里寻来，曾经别院，无人识处。

枉踟伫。犹记得罗裙湿，笑随云缕。留将一瞥惊魂，燕莺从此，慵慵厌顾。

依约纤纤离恨，素笺空对，如何分付？来去道中经年，多少风雨。千山明月，犹照人如故。相逢又，平湖秋色，神仙眷侣。卷一帘风絮。两情总被，东风吹去。难解伤春语。回首寄，当时凭栏思绪，柔肠寸结，还余几许？

郭学谦

1948年生,中华诗词学会会员、云南省诗词学会常务理事,《云南诗词》编辑。作品入围第六届华夏诗词奖。

小箐口露营叙旧

青枝隐山鸟,薄雾笼黄昏。
傍水炊烟起,揭锅香气喷。
话长嫌夜短,杯浅觉情深。
重到曾游处,茫然少一人。

闲吟

一卷唐诗一盏茶,灯明几净绝喧哗。
神来欲诵心头韵,恐扰辛劳梦里她。

无题

意在诗书淡看银,天生执拗一根筋。
宁为山野闲吟客,不屑豪门座上宾。

卜算子·游泳

一跃水相迎，扬臂轻推浪。相近相亲大自然，赢得精神爽。

开朗气平和，愁虑心生障。风物常宜放眼量，世态炎凉忘。

渔家傲·登山观海

紫气东来天破晓，闲情一片穿林秒。踏遍青山人迹少，千般妙，龙门顶上齐声啸。

百里滇池烟水渺，渐行渐远风帆小。莫是今年渔汛早，犹听到，天边正唱渔家傲。

郭绍权

云南昆明人，曾供职于甘肃秦安县电子部属国防工厂，云南省诗词学会会员。

小花

百草丛中是住家，绿荫树下度年华。

难熬冬令孤身过，喜获春游众口夸。

不与牡丹争艳丽，愿闻宾客议疵瑕。

公园美景如常在，万语千言赞小花。

郭鑫铨

1942年生于昆明。昆明学院教授，云南省有突出贡献专家，全国优秀教师。云南省诗词学会原副会长、云南省楹联学会顾问。所著《云南名胜楹联大观》等三部著作获省市社会科学论著奖，《汉字新论》等三部译为英语、蒙古语在海外发行。

雨后作

疾风骤雨掩群山，霆击始知天地宽。
雨后波涛汹涌甚，青山如海带轻寒。

渤海日出

莫讶涛声静不哗，晓来碧水叠珠花。
清波浴日偏温润，火铸红莲万丈霞。

大理石屏歌

苏君诏明向寡言，一日邀我赴其宅。自云石屏已充栋，千山万壑集一斋。画面奇绝云水活，何不坐驰烟霞一快哉！石屏参差立，元气满九垓；云载危峦接北斗，芙蓉削成青天外。石峰林立次第明，松柏苍郁绕云带。奇崖韵古石斑驳，绝谷急湍声澎湃。曲涧沸腾下平川，飞沫溅湿碧玉苔。四时晦明风景异，峻茂清荣目不逮。春山嵯峨春水绿，红日喷薄扫阴霾。青松百丈拂云动，迅雨飘烟山半埋。最爱秋山历历嵌明镜，枫叶如丹照大块。云暗远山岭头雪，寒彻霄壤依天白。高原别开新天地，香格里拉俱神态。快绿明黄草甸宽，群山逶迤林如黛。高天乱云水底飞，观者指认纳帕海。噫吁嚱，壮乎哉！山河信美人已醉，大地雄奇添气概。亦真亦画魂已迷，亲山亲水长萦怀。石屏看罢真惬意，云游归来多感慨。既惊名山钟灵秀，复感石工善剪裁。更谢苏君不辞苦，瑰宝长存春长在。想见年年披风雨，踏破苍山百尺台。手抚画屏忘饥渴，简衣素食常举债。江山代有奇人出，腾腾热血化深爱。苏君笑顾仍无言，引我俯首合十长礼拜。

云南山茶甲天下

君不闻，才人兴会说奇花，春深似海推山茶。十丈锦屏开绿野，青山碧水垂明霞。又不闻，新都公子发清议：海边珠树色如鸦。拙政园里诗人醉，笑指天孙云锦姹女砂。人间巨丽惊初见，共道分种来仙槎。一树彤云齐吞火，玛瑙攒成花碗大。每从丰雪展芳姿，着花不已接初夏。盘根错节叶如玉，软枝分披自横斜。美女如花争相喻，玉环婀娜初上马；最是痴绝茶花女，盼倩姗姗催泪下。小园一株亭亭立，伊人含笑隔蒹葭。玉峰寺里花万朵，飞龙争斗落鳞甲。天种飘摇知谁处？腾冲山乡谓云华。云华一地七千亩，红花油茶连天涯。千年火山凝精气，天地热肠化奇葩。盖地铺天赤潮涌，到此瞠目唯恣嗟。尽瞠目，唯恣嗟，云南茶花甲天下。

晋柏行

黄龙山上双柏古，经年逾岁越千五。霜皮溜雨泛青光，华盖亭亭隔寒暑。独立支持与天齐，翁翁郁郁庄亦妩。漫送金沙沧浪水，力挽昆仑万山驻。古今乔木今安在，刀伐锯斧一例腐。唯此根深接地灵，不露文章彩云护。老杜秀句曾惊心，何期魂魄悸动对画图。对画图，信不诬，风月襟怀与天游，雷霆震怒安若素！安若素，道不孤，人生失意寻常见，不必拊膺顿足向天呼。

杜鹃花

子规声里花正发，无赖花枝透碧纱。白傅中庭惊西子，谪仙三月忆三巴。三巴野烧争残日，柯横半壁映山崖。面折廷争升庵累，杜鹃滴血日影斜。南来金碧新天地，异水奇山何惊诧："孔雀穿行鹦鹉树，锦莺飞啄杜鹃花。"杜鹃恣肆花烂漫，一笑嫣然任潇洒。洁拟苍山岭头雪，艳比海日万丈霞。苗女娇，白女姹，傣家卜少娇无那。花如人面明似水，山乡女儿正风华。情依依，意洽洽，何期斧锯遭杀伐。腰斩古木窃将去，陈列英伦举世哗。滇云漫卷七千里，高黎贡山倚天插。古鹃丛木巍然在，水红华帷入图画。花争发，蔽周匝，百鸟翔环恋清佳。上摩重云接风气，万岁千秋光华夏。

唐志民

1963年生，云南宁洱人，中学高级教师，高级茶艺师，中华诗词学会、云南省诗词学会会员，普洱市诗联协会理事，宁洱县诗书画协会会长。

东洱河

天染三分水，风开万朵花。
青云飞白鹭，碧草落金霞。

唐秀玉

女，云南省作家协会会员，云南省诗词学会理事，有诗词作品发表于国内外刊物及网络媒体。

会泽水城梨园踏春

春风二月水城催，岁岁驱车探几回。

天落白云千树满，水扬银浪万枝堆。

诗情四地凭霜韵，香绕一园借素梅。

此景岂能轻错过，酒家寻座醉千杯。

咏会泽楚黔会馆南霁云像

可叹将军终列侯，凌烟阁上壮颜留。

临淮啮指人心鉴，胡帐拒降肝胆酬。

一箭浮屠惊雀鸟，万年香火绕黔楼。

大忠大勇真男子，当受吾身三叩头。

夏日

尽日悠游园圃疏，阳荷青叶接寒庐。
南瓜当摘忙穿履，稀客探来急放书。
肥雨助谈敲竹久，山珍移种恰春初。
入厨几味家常菜，送酒肠中梦自如。

姚安初见凌霄花

远望彤云压竹篱，原来炮仗满花枝。
迎宾欲作晴空响，起舞还如弄首姿。
诗里韶华多怨艾，眼前光景尽参差。
家家内外垂门艳，大序丰康富盛辞。

唐朝均

1961 年生，贵州湄潭人，转业军人，曾供职于昆明市委宣传部。中华诗词学会、贵州散曲研究会、西南军事摄影协会会员。云南省诗词学会常务理事，作品发表于《人民日报》《解放军报》《中国青年报》等报刊。著有文集《岁月当歌》。

祝贺云南省诗词学会成立 30 周年（新韵）

吟坛卅载树参天，满座高朋贺壮年。
笔蘸滇池书锦绣，躬耕红土创奇观。
放飞雏燕前程远，凝聚鸿儒胆气添。
篦雨梳风成大器，霞光皓月舞蹁跹。

咏赞驻村扶贫干部（新韵）

告别妻小向深山，精准脱贫道路艰。
春早花发苗下土，秋夕月朗汗湿衫。
走村问苦施甘露，入户帮扶试冷烟。
兜底乡亲风与雾，穷根铲尽着先鞭。

武定狮山观赏牡丹有感（新韵）

狮山鹿韭应时开，雾绕云遮绚梦裁。

醉露欲滴涵紫气，仙风已度上高台。

倾城舒艳胭脂脸，摄魄沉香仕女胎。

蒙垢君王藏此处，闻听野史让人哀。

江城子·感怀

　　少年立志舍家乡，赴南疆，守边防。舞枪弄炮，尤好写文章。饮露餐风吞战火，功四次，誉满箱。

　　征尘洗去剑归仓，启新航，气轩昂。波澜不壮，一任鬓飞霜。惯有宽胸容小肚，抒心志，著诗行。

黄良全

三迤风雅

笔名凉泉。云南省作家协会会员，云南省诗词学会常务理事，个旧市作协主席，个旧市诗词学会会长。出版作品集《凉泉抒情诗选》，散文诗集《问梦》，爱情诗集《活化石》。

咏长征

敢当大任舍家门，忧患苍生火种存。

漫卷红旗环宇变，腥风血雨铸忠魂。

露营梨花谷

百万梨花舞碧天，送君难舍伴君眠。

衷肠夜半星辰语，唤醒平生一段缘。

梨花谷赏落花

玉蝶缤纷满谷飞，世间难舍欲寻归。
一身清白献清白，怀抱春泥化翠微。

相约四月

红白颜消绿满天，葱茏一派涌层巅。
乡间风物呼蜂蝶，城里烟尘锈管弦。
静赏清澄新燕语，漫吟锦绣大观篇。
归田当属嫣然梦，相约繁阴四月眠。

黄明

1963年生，现供职于昆明金水铜冶炼有限公司。云南省楹联学会理事，云南省诗词学会会员，春蚕诗社副社长。

辛巳绕新杨公路回东川

一路霜尘色，迂回峰壑牵。

云沉风趁雨，夕照火烧天。

座上聆乡语，松间饮冷泉。

东山新月起，夜半近城边。

夏游九龙瀑布

传说金刀力劈痕，晓岚扑面透心门。

千波跌落风雷动，万马奔腾云气吞。

赤瀑连天天水泄，青峰夹岸岸汀氲。

全无碧玉轻柔态，更显大江东去魂。

黄建林

1983 年生。现为云南省诗词学会理事，凤庆县作协会员，临沧市诗词协会理事。作品散见于《云南诗词》《诗词月刊》《临沧日报》等刊物。

芒团观造纸有感

轻挥兰指击清波，孔雀梳翎耐久磨。
十二工夫传智慧，榕林挂玉舞婆娑。

登瓦屋小终南山

登临选胜紫霞高，四顾君山万岭朝。
江北人称峰第一，石泉清冽润江涛。

黄映泉

三迤风雅

1941 年生于云南腾冲，字松亭，中华诗词学会会员，云南省诗词学会理事，云南省南社研究会理事，保山市诗词楹联协会首届副主席。作品选入《云南当代诗词选》《中华诗人年鉴》等。著有《极边吟稿》《故乡多娇》。2016 年获"云南诗词贡献奖"。

登来凤山观景得吟

来凤森森翠岭雍，凌天笔塔立葱茏。
晴岚玉带柔新雨，游道茶花倚劲松。
碣石牌坊抒壮志，幽林古刹响疏钟。
极登高处舒心望，尽览边城翡翠容。

登北海乡三元观览胜

邀朋览胜三元观，脚力登高看大千。
双海双潭分上下，古村古木簇嫣然。
鸢飞鱼跃芦花放，柳暗花明照夕烟。
舟上古筝仙女队，欢歌曼舞说丰年。

界头乡上宝华寺抒所见

贡山云里上东华，览尽峰高石径斜。

淡淡烟岚缠翠岫，幽幽曲径入丛花。

林深鸟兽鸣空谷，壑邃云烟幻彩霞。

宝寺僧家多好客，禅堂延座奉香茶。

游侨乡蕉溪村得吟

潭幽树老元龙阁，傍绕蕉溪水碓村。

耕读经商从远古，捐资兴学自诚敦。

晴岚玉带出其岫，绿水青山赋彼魂。

万户侨民桑梓地，哲人故里仰人尊。

注：蕉溪村又名水碓村。哲人，指马克思主义哲学家艾思奇。

浏览绮罗古村得吟

绮罗联璧是侨乡，水映禅林佛寺藏。

画阁重门镶古巷，荷塘曲槛拂清凉。

闻名宝井段家玉，遐迩商中翡翠王。

更有文宫培俊彦，风光不逊比苏杭。

黄桂枢

三迤风雅

1936 年生，云南墨江人，侨眷，享受国务院特殊津贴专家，普洱市文物管理所原所长。中国考古学会、中国民族学学会、中华诗词学会、云南省作家协会、云南省书法家协会会员，云南省诗词学会、云南省楹联学会常务理事，普洱市诗词楹联协会主席。著有《思茅文物考古历史研究》《普洱茶文化》《茅塞愚人诗词曲选》等，主持编撰《思茅地区文物志》。

参观澜沧景迈机场有感

云鹰飞景迈，拉祜笑颜开。
象鼓三弦响，嘉宾四海来。
山乡游客醉，梦境令人猜。
致富添新路，传扬电视台。

宁洱古府奇观

万仞岩峰挂晓霞，烟云绕径掩仙家。
回龙古寺添禅意，民族盟碑放彩花。
东塔洱波人恋景，南泉热澡稻鸣蛙。
碧潭月下宾朋满，普贡茶香四海夸。

景东川河锦绣

横断东西对峙峰，川河九曲润桑农。
银生节度言南诏，洪武卫城话傣宗。
无量山深藏彩凤，哀牢岭峻卧青龙。
锦屏奇郡腾飞起，富丽彝乡展美容。

西盟佤山仙境

阿佤云山雾海浮，竜摩爷挂祭牛头。
勐梭城雅龙潭秀，瑞草楼高水酒悠。
木鼓咚咚敲寨院，新歌阵阵唱春秋。
姑娘甩发迎宾舞，入醉仙天似梦游。

黄舜勤

三迤风雅

1943 年生，四川南充人，笔名金黄，普洱市电影公司原副经理，高级经济师，中华诗词学会会员，中国楹联学会会员，云南省楹联学会理事，普洱市诗词楹联协会副主席。

贺圣朝·故宫（新韵）

清宵约伴故宫旅，梦中先飞去。佳节国庆喜相逢，秋色金生趣。

迎宾词曲，欢歌笑语。帝王宫中聚。琼楼玉殿胜天堂，众吟留佳句。

萧作洪

笔名萧风，原武警边防某部大校退役，云南省诗词学会会员。著有诗集《雄风诗雨》。

海南颂

三沙锁南国，千载水苍茫。

浪险边防固，风高赤帜扬。

军民耕碧海，日月耀高樯。

更喜云天阔，鲲鹏自在翔。

萧世慧

女，云南威信人。中华诗词学会、云南省诗词学会、昭通市诗词学会会员，威信县诗词楹联学会副会长兼秘书长。

深夜寄远行之好友

风剪芭蕉雨不收，寒亭漠漠布新愁。

云山目断梦难断，缕缕随君天尽头。

庚寅七夕感怀

茫茫瀚海渺无际，阻隔双星别恨多。

莫道天庭情爱苦，人间同样有银河。

读陆游《沈园》二绝感题

数回魂梦到仙乡，每忆名园说陆唐。

艳骨已成泉下土，芳名长嵌沈家墙。

几多儿女曾挥泪，千古风流亦断肠。

险恶东风谁识得，人间万事总沧桑。

萧霄

女，云南盐津人，云南师范大学教师。云南省传统文化研究会常务理事，云南省诗词学会常务理事。

九月二日见蓝花楹开花

楹花槐月姿，醉紫梦秋堤。

犹有争春意，芬芳不怕迟。

曹经华

1940年生，云南鹤庆人，高级工程师。云南省诗词学会会员，剑川景风诗社副社长。著有《流水集》，作品选入《大理当代诗词选》《云南当代诗词选》《国学经典·中华诗词范例教材》等。

访腾冲国殇墓园（新韵）

雄杰守土不还乡，碧血丹心远戍疆。
烈士碑前怀烈士，国殇园里悼国殇。
松山霹雳殛倭寇，怒水波涛卷恶狼。
敌忾同仇御魑魅，金瓯永固气昂扬。

曹树农

别号江东树老，曾任东川矿务局党委书记兼局长、东川市委常委、云南铜业（集团）纪委副书记，高级工程师，云南省诗词学会理事，著有诗词集《芳菲人间》。

惜时歌

少小难知岁月匆，春来夏往岂无穷。

莫求懒做三餐饱，自信勤耕五谷充。

车胤读书依有雪，孔明借箭靠东风。

流年似水容颜老，游戏人生两手空。

遵义聚同窗

虹山负笈志方遒，遵义重逢尽白头。

五载同窗追梦想，经年异地著风流。

韶华远逝真情在，友谊长存旧影浮。

牵手笑谈离别后，心花怒放语无休。

龚财荣

三迤风雅

1985 年生，傣族，云南临沧人。中华诗词学会会员，云南省诗词学会理事，临沧市诗词协会副会长。有诗集《沧江民族诗韵·学子言》。

清荷居小憩

古巷清荷耀碧波，湖边翠柳舞婆娑。

廊桥紫陌游人驻，杏苑桃园打啸歌。

梁炳星

1936 年生，广西来宾人，电气高级工程师，曾任云南省电力局某处副处长、中（国）泰（国）云南景洪电站咨询有限公司副总经理等职。中华诗词学会会员，云南省诗词学会原理事，《云电诗词》副主编。

游昆明金殿题陈圆圆

冲冠何必为圆圆，徒令金刀忠易奸。

弃义从来是权贵，痴情自古负红颜。

悟空黄卷梵音静，梦尽莲池水月寒。

鸣凤山头鹃泣血，忍将残泪示前缘。

浣溪沙·感怀

且任年华催鬓衰，放歌犹梦凤凰台。

大河滚滚寄情怀。

不嗜酒牌宾每聚，唯缘诗话信多来。

心花开就笔花开。

彭玉泰

1964 年生，云南东川人，笔名"三水"，云南省诗词学会理事，云南省作家协会会员，中国音乐文学学会会员，云南音乐文学学会理事。

观天眼有感

朝天送去心中苦，立地收来宇宙光。

影像波峰编数码，图层变幻似魔方。

彭昱发

1963年生，云南凤庆人，笔名郁文，现供职于凤庆县委宣传部。中华诗词学会、云南省作家协会、云南省诗词学会、临沧市诗词协会会员。著有《郁文辑录》。

寻芳偶感

兴起去寻芳，闻馨翠茂冈。

静观群鸟舞，轻嗅百花香。

信手拈云朵，随心绘锦章。

春光无限地，何必走他乡。

沁园春·大美顺宁

茶叶之乡，文献名邦，大美顺宁。看沧江千里，千山翠郁；茶田四野，四季葱青。古道沧桑，长湖澄澈，峡谷深山锁玉屏。趁晴好，沐馨风朗月，壮发豪情。

由来山水钟灵，孕无数聪贤留美名。忆将军护国，中流砥柱；尚书忠义，后世明灯。拔地书楼，珍藏万卷，秘境文明节节升。往来继，创滇红佳茗，永续飞腾。

葛琪

三迤风雅

1969年生，中华诗词学会、云南省诗词学会会员，云南省书法家协会理事，诗词作品选入《云南当代诗词选》《行走云南·我为滇狂》等。

元阳哈尼梯田

岭上唱山歌，云边种稻禾。
梯田千古画，晴雨看婆娑。

秋山道中

空山藏寺静，红叶酿秋浓。
回望斜阳外，悠然几杵钟。

登黄山

黄山天下秀，三十六峰妍。
缥缈烟连壑，崔嵬势插天。
坐听松海啸，仰见石梯悬。
梦笔参仙树，寻幽览巨莲。
白云生脚下，瀑布挂崖前。
东海滔滔浪，潮升红日边。

夜宿西盟

佤山青翠接边城，朗朗歌飘米酒清。
枕近龙潭云起处，梦中一夜听蛙鸣。

茶花赋

春风岁岁到天涯，喜见南中第一花。
琼树千枝齐吐火，彤云万朵竞喷霞。
莹逾雪处迷人眼，色到真时感物华。
结伴春行期不改，殷勤相约是山茶。

董德光

1944年生，云南大理人。中华诗词学会会员，云南省诗词学会理事，大理州老干部诗书画协会副会长，著有《岸草诗文》。

大理石

石奇名大理，蕴蓄点苍山。

斫晰云霞动，磨平雪浪翻。

虬枝栖鸟影，瀑布出峰峦。

泼墨千重景，画师愧笔端。

苍洱写意

洱海苍山彩墨扬，万千气象汇仙乡。

泱泱画卷谁挥笔？玉岛天成作印章。

崇圣寺

佛都上溯越千年，宝塔标空寺宇前。
殿阁砖辉唐代月，经楼瓦鉴宋时天。
历朝浩劫香烟渺，盛世重修青石镌。
漫道息龙殷泽国，曾祈金翅峙檐巅。

初访腾冲

极地边城扼要冲，蜀身毒道绿荫浓。
贡山暑雪云霄外，和顺民居画卷中。
纸伞藤编凭手巧，火山热海赖天功。
连街翡翠余暇赏，且仰陵园挺拔松。

董嘉橄

三迤风雅

1936年生，云南大理人，先后从事医疗、医学教学和教学管理工作，高级讲师，中华诗词学会会员、云南省诗词学会常务理事、楹联学会会员，著有《寸草集》《春晖集》《回首浪花续集》等诗书画散文集。

版纳冬晨

轻纱薄雾笼层峦，野象巡游觅早餐。

翠竹楼台小卜少，静听鸲鸟理螺鬟。

蒋厚雄

三迤风雅

1967 年生，云南禄劝人，中学高级教师。中华诗词学会、四川省诗词协会会员，云南省诗词学会理事。《华中文学》编委，青莲诗社常务副社长。

贺云南省诗词学会第七次代表大会

翠湖青柳自飘摇，樱树红云若梦娆。
日照春花添笑意，湖涵明月映清涛。
大观楼畔登高美，黑水祠旁望远遥。
盛世诗联滇海会，文坛雅苑颂今朝。

苏幕遮·踏春

柳绦扬，桃蕊俏。紫燕翩飞，油菜金黄照。蝶舞蜂飞春意闹。翠竹摇风，玉树樱花笑。

逛青岚，奔远道。如画风光，迷醉行人绕。昨夜小楼回梦好。美景何长？泪化相思了。

蒋勇

三迤风雅

1992年生，云南永善人，又名蒋永桢，字贞青，号梅亭，别署聆泉子。云南省诗词学会会员，云南翠微吟社发起人之一、原社长，《云南近现代诗词选》编委。

归乡闲居

檐瓦凝炱围积薪，着花桃李自知春。

柴门犭子无情吠，不识浔阳旧主人。

夜诗

滇云蜀水两难眠，肠断魂消最可怜。

人事不如天上月，一年能数几回圆。

采椒女

赫赫日炎晖，零零露初晞。豆蔻谁家女，带篓上陵陂。陵陂阪道曲，椒树莽纷披。触暑蝉声动，采椒正宜时。穿荆掐垂木，援桃钩高枝。黑涎沾玉甲，青刺破冰肌。采采复采采，浃汗勿栖迟。一篓三十数，五篓百余资。艰难知事早，短趁补家私。重惜休节假，自力办时衣。性比男儿烈，贫贱不能移。何嚍养生食，未抹护肤脂。矻矻彩凤转，落落夺仙姿。

扑蚊

我身在江湖，汝命藏丛草。各自谋食艰，苟且都渺小。我眠汝则起，夜色深杳杳。向我乱咕嘬，群出如征讨。杀声聚作雷，伤我幽梦好。我非薄情人，也欲令汝饱。汝乃不知足，侵略及子卯。心动王思怒，皮生红玛瑙。挥亦挥不去，扑更扑难了。奋起发狼烟，遗尸知多少。生涯同陌路，何必来相扰。

八声甘州

最高楼望断众山昏，欲下又凭栏。正团团烟袅，声声虫促，点点花残。领略几番春瘦，东去水都寒。惯看阴晴月，不见长安。

记得回波曲误，只匆忙别后，辜负前言。把归期数尽，空老有情天。便相逢、除非魂梦，到梦醒、惆怅只依然。凭谁会、临风对酒，自作强欢。

程文才

1965 年生于云南省镇雄县，号乌峰游子春城客。中华诗词学会会员，云南省诗词学会常务理事，云南省南社研究会理事，云南省老干部诗词协会、昭通市诗词学会、镇雄县诗词楹联学会会员。

芒种

风吹麦浪黄，陇亩喜生香。
雨滴临晨尽，莺声透竹墙。

戊戌元夕有赋

十五闹元宵，礼花穹宇飘。
春池融月色，柳岸响风条。
酒美良辰赋，灯红盛世昭。
生机萌大野，我醉九州潮。

鲁甸新街转山包小学"冰花男孩"赋

寒门学子破衣单，头上冰冠若玉冠。
读得诗书三万卷，金龙鲤化入云端。

程地超

（1939-2023），四川万州人。云南师范大学文学院教授，书法家，云南蒙学研究会、云南传统文化研究会副会长，云南省书法家协会、作家协会会员。

偶成

怡神常望白云闲，俯首静思人事难。

命舛炼成天骨健，怀虚赢得梦魂安。

文情清若山间竹，人品峻于云外山，

室陋有花香逸远，春风可鉴此心丹。

休叹

襟怀气节昆仑重，荣辱浮名柳絮轻。

终岁贪看唯典册，一生可乐有丹青。

揽霞恋日人难老，信笔写心情可倾。

莫道文章憎命达，大音无处不希声。

龙潭观梅

梅香溢远引游踪，松舞鸟鸣山漫红。

佳丽翩跹情不禁，骚人哦噫兴无穷。

留连古寺观奇树，欣喜佳诗赉古风。

寄语园丁善呵护，珍存国粹有殊功。

曾华南

三迤风雅

1960 年生，彝族，云南镇雄人，笔名暖雪，云南省诗词学会、昭通市诗书画协会会员，昭通市诗词学会理事。

三甲荷塘小景

荷花亭榭芰荷香，蛙鼓鸟歌漫碧塘。
绿叶丛中轻棹隐，娇声低语叫情郎。

神奇鸡公山

孤峰卓立锁雄关，虎骇猿惊不敢攀。
瀑布高悬千丈壁，彩虹长跨万重山。
幽深林壑清泉涌，峻峭危崖鸟道寒。
霞蔚云蒸冈岭秀，流连胜景不知还。

詹应璋

1960 年生。云南会泽人，曾供职于东川拖拉机修理厂、东川市委办公室、东川区委老干部局、东川区党史和地方志编纂办公室。现为云南省诗词学会会员，云南省楹联学会会员，昆明市作家协会会员。

西江月·拜谒衡山

南境群山尊岳，诸峰叠翠妖娆。流泉飞瀑闹林涛，阵阵蝉声喧闹。

登上祝融绝顶，云烟一派轻飘。微风拂面上云霄，恍若天庭缥缈。

窦华

笔名无名斯人，高级工程师、高级经济师，专业技术三级警监，中华诗词学会会员，云南省诗词学会副会长，云南省南社研究会常务理事，云南省老干部诗词协会副会长，曾任《翠湖春晓》主编。

宣威西泽赏花

西泽赏花千万枝，五峰四水笑花痴。
村姑劝我三杯酒，我欠村姑一首诗。

注："五峰四水"系西泽名胜：当地四条河流分别穿过五座山峰。

鹧鸪天·滇人善联

自古滇人善撰联，驰名天下有遗篇。大观楼上凌波挂，岳府阁中拔浪悬。

孙髯叟，窦兰泉，武侯祠外数赵藩。滇山云水文华灿，笔引风骚数百年。

临江仙·云南大学校长熊庆来

十二年间当校长，春蚕吐尽青丝。风流数字也相思。听蛙春早醒，阅卷夜眠迟。

不解方程肠欲断，解来如醉如痴。无穷函数写成诗。花开"西格玛"，叶落"爱克斯"。

注：熊庆来在"函数理论"领域造诣极深，定义的"无穷级函数"，国际上称为"熊氏无穷数"；西格玛：∑，英文Sigma，数学中常用的求和号，用于求多项数之总和；爱克斯：X，英文Eckes，数学中常用作未知数。

沁园春·杨升庵

一出京城，两袖清风，万里迢迢。昔翰林院里，屡书笔谏；金銮殿上，再犯天条。不谏昏君，愧为臣子，背负青天廷杖腰。为臣倔，惹龙颜震怒，谪戍离朝。

昆明城外高峣，临波处、筑楼听海潮。借滇池洗砚，千秋翰墨；西山作笔，万卷波涛。一叶扁舟，三杯浊酒，踏浪归来明月高。状元老、贬三十八载，白发萧萧。

贺新郎·孙髯翁

落魄青衫叟，对功名、仰天一笑，长髯三绺。斜倚滇池高楼上，天下长联写就。五百里、涛飞云走。把盏凌虚沧浪起，两千年、读白云苍狗。一斗墨，半壶酒。

彩云望断长安久，汉武帝、昆明湖凿，楼船造构。唐代南天标铁柱，何处永垂不朽？宋太祖、龙庭拂袖。一代天骄忽必烈，跨革囊、横渡金沙口。欲罢笔，难收手。

窦维一

1945年生。云南昆明人。云南省诗词学会理事，昆明市书法家协会会员，云南长城书画院、昆明大观书画院会员。中科院老年大学昆明分校教师。

西江月·滇池大坝答远客

客问池边冬色，观鸥约始何年。唧啾觅食绕人环，阵阵惊飞一片。

迢递关山已惯，心安处处悠然。西山脚下水云天，爽爽清风拂面。

裴国华

　　曾就职于呈贡钢厂，云南省作协会员，云南省诗词学会理事，呈贡区老干部诗词协会理事长，《呈贡诗词》主编。作品散见于《中国文化报》《春城晚报》等，著有诗集《裴国华诗选》《呈贡颂》。

游曹溪寺

境美山灵享盛名，寻幽访胜与朋行。
水流石秀生佳景，寺古泉香赛画屏。
元代梅开迎客笑，曹溪月映有诗评。
似痴如醉迷归路，世外桃源百感兴。

题安宁摩崖石壁（新韵）

摩崖磊磊展书痕，气峻格高欲动魂。
隶水篆烟添古雅，飘云溅雨走龙门。
千秋笔墨惊天地，一代名流泣鬼神。
字似人德风骨显，引来游客赞纷纷。

管彦顺

1950年生，云南会泽人，云南省诗词学会会员，春蚕诗社及东川楹联学会理事，作品选入《血沃南疆》。

春蚕诗社成立 35 周年

笔耕沃野效春蚕，挥墨凝香国粹传。

歌赋诗词抒雅致，兴观群怨壮骚坛。

江山似锦添新绿，诗社如家聚众贤。

景入桑榆心不老，清风一枕伴诗眠。

廖勋莲

三迤风雅

女，1951 年生于云南省富民县，曾供职于云南省铁路建设第一工程公司。云南省诗词学会会员。

照镜子

随手轻轻拂镜尘，额头沟壑万般深。

明台无语只相对，碌碌人生道道痕。

谭国祥

1950年生，云南东川人，字伯寅，笔名示羊，中华诗词学会会员，云南省诗词学会理事，云南省楹联学会常务理事，昆明市老干部诗词协会会员，春蚕诗社副社长。《春蚕诗词》副主编。作品散见于《中华诗词》《云南诗词》《滇联》《春蚕诗词》《中国山水旅游诗选》等。

小江河谷绿韵

百里春江秀色浓，良田无际泛青葱。
舞风杨柳沿河翠，沐日桃花遍岭红。
万亩青苗掀碧浪，一群白鹭骜苍空。
人间美景随时替，唯此风光四季同。

草海花山（新韵）

草毯无垠不见边，绿茵浩荡野花鲜。
风梳岭上青松叶，雨洗山头红杜鹃。
牛卧绒毡嚼嫩味，人居翠海饮清泉。
斑斓大地丰腴态，草色山光霞满天。

林海风涛

林海茫茫翠色浓，寒杉万亩衬蓝空。
风掀绿浪涛声吼，云卷青冈雾影重。
雨点穿林抛粒玉，阳光撞地现霓虹。
森森古木苗条态，一展雄姿探碧穹。

熊国发

三迤风雅

云南镇雄人，云南省诗词学会、云南省南社研究会、昭通市诗词学会会员。

张桂梅礼赞（新韵）

一路艰辛迹几多，桂梅绽放舞婆娑。
黉门创办家国爱，壮举践行天地歌。
大爱无疆辉日月，厚德载物强巾帼。
胸怀宏愿初心在，时代高风颂楷模。

瞿树芝

女，1942年生，云南昆明市人，中华诗词学会、云南省诗词学会、云南省老干部诗词协会会员，中国楹联学会、云南省楹联学会会员，云南省南社研究会会员，昆明市书法家协会、昆明市民间艺术家协会会员。

登金钟山

群贤游圣地，十里艳阳天。
古木连天翠，野花沿路妍。
山间人语寂，道观磬声旋。
小憩听泉响，兴狂石作笺。

西江月·至农家

漫步山间土路，入眸遍野山花。清溪一股绕人家，树下鸡栖豚栅。

帘外矮墙绿竹，堂中老叟娇娃。客来米酒并鲜瓜，畅叙桑麻婚嫁。

如梦令·春游郊野公园

脚下芳尘一路，枝上桃花初露。几缕郁香来，引得蜂飞蝶舞。留住，留住，醉在武陵深处。

傅仕敏

三迤风雅

　　曾任云南省政协常委、文史委主任，云南省孔子学术研究会原副会长，云南省诗词学会原副会长，创建云南省滇西抗战历史文化研究会并任首届会长。

深秋即景（古风）

淡抹清霜染枫丹，爽气渐转带微寒。

长空流云托明轮，南迁鸿雁唤落单。

金桂飘香菊灿烂，熟稻低垂黍缨干。

红柿枝头似燃火，林间萧瑟已无蝉。

后　记

　　《三迤风雅》是云南省诗词学会成立以来的会员诗词选。编辑出版这本诗词选，是云南省诗词学会的一件大事。本书于2019年开始征稿，2021年初，征稿基本结束，学会决定启动这项工作，4月30日，会长朱籍主持召开了《三迤风雅》编务会。会议研究和讨论了本书有关出版事宜，强调严把政治关和艺术关，要使之成为学会的精品力作，并成立了编委会和编辑部。编辑部由会刊编辑人员以及杨宗远、杨万红组成，由刘金保副会长负责，完成了诗稿的初选、电子化等工作。

　　2021年12月初，《三迤风雅》初选稿编印出来，编辑部对初稿进行了探讨，删改、替换了部分作品，并进行了二次征稿。2022年8月中旬，对第一稿修改补充后，形成了正式稿并交付云南美术出版社。

　　《三迤风雅》的付梓，得到了中华诗词学会副会长孔祥庚先生的关心和大力支持。孔祥庚先生不但为本书作序，还邀请了中华诗词学会范诗银、刘庆霖、杨逸明、张力夫和江岚等五位名家将其有关云南的诗词作品加入本书，使《三迤风雅》增彩生辉。

三迤风雅

　　《三迤风雅》共收录280位诗人的833首诗词，本书所选作品，一般不与《云南当代诗词选》和《云南近现代诗词选》重复。因篇幅有限，许多优秀诗词作品未能入选，难免有遗珠之憾。在此，谨对全省诗友的积极参与，以及出版社编辑的辛勤付出，表示衷心的感谢！

云南省诗词学会

2023年4月25日